Maurício Veneza

Crime na escola sinistra

Ilustrações: Maurício Veneza

1ª edição

ENTRE LINHAS MISTÉRIO

Série **Entre Linhas**

Editor • Henrique Félix
Assistentes editoriais • Jacqueline F. de Barros/Vivian Nunes
Preparação de texto • Luiz Ribeiro
Revisão • Pedro Cunha Jr. e Lilian Semenichin (coords.)/Camila R. Santana

Gerente de arte • Nair de Medeiros Barbosa
Supervisor de arte • José Maria de Oliveira
Assistente de produção • Grace Alves
Diagramação e finalização • Setup Bureau Editoração Eletrônica S/C Ltda.
Coordenação eletrônica • Silvia Regina E. Almeida
Projeto gráfico de capa e miolo • Homem de Melo & Troia Design

Suplemento de leitura e projeto de trabalho interdisciplinar • Lúcia Leal Ferreira

Dados Internacionais de Catalogação na Publicação (CIP)
(Câmara Brasileira do Livro, SP, Brasil)

Veneza, Maurício
    Crime na escola sinistra / Maurício Veneza ;
ilustrações do autor. – 1. ed. – São Paulo : Atual,
2004. – (Entre Linhas: Mistério)

    Inclui roteiro de leitura.
    ISBN 978-85-357-0522-5

    1. Literatura infantojuvenil I. Título. II. Série.

04-4836   CDD-028.5

Índices para catálogo sistemático:

1. Literatura infantil 028.5
2. Literatura infantojuvenil 028.5

16ª tiragem, 2024

Copyright © Maurício Veneza, 2004.

SARAIVA Educação S.A.
Av. das Nações Unidas, 7.221 – 2º andar – Pinheiros
CEP 05425-902 – São Paulo – SP
Atendimento ao cliente : (11) 4003-3061
atendimento@aticascipione.com.br
www.coletivoleitor.com.br

CL: 810495
CAE: 576067

Todos os direitos reservados

Impressão e Acabamento: Log&Print Gráfica, Dados Variáveis e Logística S.A.

Sumário

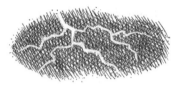

Numa noite de temporal 5

Um pouco antes 10

Perdidos e achados 15

A escola sinistra 17

Tudo em família 21

Passado e presente 24

Outro 26

Sempre cabe mais um 30

Visitantes demais 35

Dois prisioneiros 40

Passos na escuridão 44

Crime na escola sinistra 49

Suspeitas e mais suspeitas 54

Espantosas revelações 59

Encarcerados 64
Mais revelações 69
O fim do mistério 72
Finalmente 75

O autor 76
Entrevista 78

Numa noite de temporal

A chuva começara havia quase uma hora. Tinha jeito de que não ia parar tão cedo. Os pássaros, recolhidos às árvores logo que escurecera, não conseguiam deixar de se molhar. Sob uns arbustos, um coelho tentava se proteger. Num certo momento, teve a atenção despertada ao sentir que o solo ao seu lado estremecia. Olhou, curioso. O movimento continuava.

De repente, a terra se abriu e alguma coisa emergiu dela. Assustado, o coelho saiu correndo, preferindo encarar a chuva ao desconhecido.

Do buraco apareceu, com um tufo de grama no topo, a cabeça de um homem. A lama encobria suas feições.

— Conseguimos! Nós conseguimos! — Ergueu o corpo para fora com dificuldade e, ajoelhando-se, deu a mão a um segundo homem que vinha logo atrás. — Vamos embora! Temos que sair daqui o quanto antes! Daqui a pouco é hora da ronda, e vão perceber a fuga!

O outro estava tão enlameado quanto ele. Pareciam dois caranguejos.

Do buraco saiu outra voz:

— Ei! E nós?

— Vocês que se virem! Já foi muito deixarmos vocês usarem o túnel que NÓS cavamos.

Ouviram-se mais vozes, todas falando alto e ao mesmo tempo:

— Eu primeiro!

— Calma, gente! Um de cada vez!

— Sai da frente!

— Larga a minha perna!

— Não empurra!

Enquanto os demais prisioneiros tentavam sair do túnel apoiando-se na borda do buraco e escorregavam sucessivas vezes na terra molhada, caindo uns por cima dos outros, os dois primeiros desceram a encosta gramada até a estrada e dispararam na carreira. Precisavam ganhar tempo e se afastar o máximo possível antes que a fuga fosse percebida.

A alguma distância, os altos e escuros muros do presídio erguiam-se ameaçadores. De vez em quando, o clarão de um relâmpago os iluminava.

•

— Para onde vamos, mano?

— Para qualquer lugar onde a gente possa ficar até as coisas esfriarem, de preferência bem longe daqui!

Depois de alguns minutos, saíram da estrada e embrenharam-se no mato, evitando ser vistos.

— O que a gente precisa é encontrar alguma casa, Osmar! Nos filmes, quem foge da prisão sempre rouba roupas no varal das casas!

— *Ô*, seu cérebro de minhoca! Está chovendo pra caramba! Quem ia deixar roupa no varal, com um tempo desses?

— *Ih*, é mesmo!

Naquele mesmo momento, no presídio, o guarda que fazia a ronda acabava de descobrir a fuga.

•

O velho tirou o cachimbo da boca e dirigiu-se ao filho:

— Como é, vai jogar ou vai ficar pensando a noite inteira?

— Deixe o menino, Chico. Você vive implicando com eles — a mãe interferiu.

— Leoa defendendo os filhotes... Eles já cresceram, mulher. São marmanjos! Não precisam de que você os defenda.

Não havia muito a fazer numa noite chuvosa como aquela.

Olhando as cartas na mão, o filho hesitava. Tinha o raciocínio meio lento para certas coisas.

— Escutem! — O rapaz mostrou, de súbito, uma expressão atenta. — Não ouviram um barulho lá fora?

— Está chovendo. É claro que esse aguaceiro faz o maior barulho — o irmão fez pouco caso.

— Não é isso. Eu achei que tinha ouvido...

— Anda, deixa de desculpa! Joga logo!

— Mulher, não quer pegar um café na cozinha pra nós?

A mulher olhou para ele, desconfiada.

— Vocês querem que eu saia para olharem as minhas cartas! Pensam que eu não sei?

Depois de alguns segundos de silêncio, o barulho de alguma coisa que caía lá fora chamou a atenção de todos.

— Agora eu ouvi!

— As bicicletas!

— Pega a espingarda, pai!

Levantaram-se afobados, largando as cartas de qualquer jeito, duas das cadeiras chegaram a tombar no chão. Quando abriram apressadamente a porta, viram uma das bicicletas que ficavam no telheiro tombada na lama.

— Diacho!

— Ladrões! Roubaram duas bicicletas! — O pai lamentou não ter dado ouvidos à primeira advertência do filho.

— Se eu pego o desgraçado que fez isso!...

— Ainda bem que a minha ficou — disse o mais novo.

O velho sacudiu a espingarda, gritando para o escuro da noite:

— Seus filhos da....

— Vem, pai. Quem fez isso já deve estar bem longe...

— A gente precisa de um cão de guarda! É o que eu sempre digo, a gente precisa de um bom cão de guarda!

— Certo, pai. Agora vem pra dentro, sai da chuva.

— O que eu não atino é por que alguém ia enfrentar um temporal desses só pra roubar duas bicicletas velhas!

•

— Demos sorte, Osmar!

— Não são lá grande coisa, mas é melhor do que fugir a pé.

Os dois pedalavam furiosamente sob a chuva. A água havia lavado grande parte da lama que os envolvera.

— Nosso primeiro roubo depois da fuga da prisão. Chego a ficar emocionado! Dá até vontade de chorar... — Ao lado do irmão Osmar, Omar parecia sinceramente comovido.

— A vantagem é que, se for preciso sair de novo da estrada pra cortar caminho, a gente pode carregá-las nas costas — disse Osmar.

— Bom seria se aparecesse um carro agora. Era só fingir um acidente...

— Só com um golpe de sorte, Omar. E é melhor não contar muito com isso!

— Pr'aquela prisão eu não volto, mano!

— Fique tranquilo. Se a gente conseguir tomar distância, nunca mais põem a mão em nós!

•

— Como? Como deixaram acontecer uma coisa dessas?! — O diretor da prisão estava furioso. Tirou a capa de chuva e a entregou a um dos guardas. Bufava feito touro bravo. Os grossos bigodes chegavam a estremecer. Fora chamado às pressas, em razão da fuga, e tudo o que queria naquele momento era que todos os fugitivos fossem capturados o mais cedo possível, antes que a notícia chegasse à imprensa.

— Tenha calma, senhor. Garanto que eles não irão longe — disse o chefe da guarda.

— Garante, garante! Se você não pôde evitar a fuga, como pode me garantir alguma coisa, agora?!

— Bem, senhor, a mesma chuva que os ajudou, encobrindo a fuga, vai criar dificuldades para que se distanciem. Acredito que, até o amanhecer, estarão todos recapturados. Faremos barreiras na estrada. Estamos empregando nossos melhores esforços para...

— Acho bom! Acho muito bom! Ou pode começar a procurar outro emprego!

Desabou na cadeira, tirou do bolso um maço de cigarros. Tentou pegar um deles com as mãos ainda molhadas.

— Era só o que me faltava! Logo agora que minha candidatura estava começando a decolar acontece uma coisa dessas!

— Senhor...

— O que é? Anda, fala, homem! Parece que tem alguma coisa importante a dizer! Então diga! — Depois de tentar várias vezes, sem sucesso, acender o cigarro molhado, o diretor parecia ainda mais enfurecido.

— Pelo depoimento de alguns presos, parece que os líderes da fuga foram... — o chefe da guarda hesitou.

— Quem? Quem foram?!

— ... os irmãos Vadezza, Omar e Osmar!

— *Ah*, não! Eles não!

Um pouco antes

Bem mais cedo, na manhã daquele mesmo dia, quando nem o serviço de meteorologia sabia da chuva que ia desabar, uma pequena discussão familiar desenrolou-se a vários quilômetros dali.

— Puxa, mãe... Assim não dá!

— Dá, sim, filho.

O menino era magro, com os cabelos castanho-claros, da mesma cor dos da mãe, com a diferença de que os dela eram bem penteados. A irmã, um pouco mais baixa, tinha cabelos mais escuros caindo em cachos sobre os ombros.

— Ô, mãe, passar férias no Clube do Gambazinho Feliz é coisa pra criança! — A menina concordava com o irmão. Nem sempre isso acontecia, mas naquele momento...

— Agora são dois! A senhorita também não quer ir? Não entendo. Vocês sempre gostaram de ir pro acampamento de férias...

— Pois é, mãe, mas isso era quando a gente era criança! — disse o menino.

— E o que vocês são agora?

— Eu tenho doze anos, mãe! — Daniela, de mãos na cintura, empinou o nariz.

— Incompletos.

Lucas veio chegando, encostando a cabeça no ombro da mãe, os dois praticamente da mesma altura, embora ela fosse bem menos magra que ele.

— Só um lembretezinho, bem pequeno, tá, mãe? Eu já tenho treze. E completíssimos! Lembra da festinha, parabéns pra *vocêêê*...?

— E você ainda quer que a gente vá àquelas brincadeiras bobas, cantar aquelas musiquinhas mais bobas ainda... — o tom de voz da menina era de completo desprezo. Sabia ser arrogante quando queria.

— Vocês gostavam.

— Certíssimo, mãe: gostávamos. Isso era antigamente... — disse Lucas, falando baixo, com ar de quem ensina pacientemente alguma coisa.

— Antigamente, Lucas? Há dois anos!

O pai entrou na sala ajeitando a gravata. Com a outra mão alisava os cabelos meio ralos, apesar de ainda jovem.

— Bem, pelo visto, estamos todos de acordo, como sempre...

— Pai, você também acha que a gente tem que ir pro Gambazinho Feliz?

— Eu não acho nada. Aliás, nem tenho achado nada ultimamente, só tenho perdido. Mas por que vocês não querem ir?

Foi Daniela quem respondeu:

— Lá, todo ano é a mesma coisa. A gente tem que brincar na mesma piscina, cantar as mesmas músicas, tem lição de moral toda hora, só pode sair pra passear em grupo e com o instrutor... Um saco!

— Menina! Onde é que você aprendeu a falar assim?! — exclamou a mãe, com olhos escandalizados.

— *Ué*, mãe, em todo lugar. Até na televisão.

— Pois certamente não foi no Clube do Gambazinho Feliz. Lá, todos são educados, filhos de boas famílias... E o clube contribui muito com essa formação. Portanto, é para lá que vocês vão.

— *Pô*, mãe, assim é ditadura...

— Fala sério, pai! — Na dificuldade de convencer a mãe, Lucas apelou para a compreensão do pai. — Daqui a pouco estarei com o maior bigode, cantando música de barquinho, coelhinho, um monte de coisa terminada em *inho*... Você acha isso legal?

— *Hum*, sei lá. Dito assim, fica meio esquisito. Mas quando eu era garoto, o pessoal da bossa nova...

Daniela colocou uma das mãos no cotovelo e a outra no queixo, pensativa. Só que o pé, calçado com um tênis florido, batia repetidas vezes no chão, mostrando que não estava tão calma quanto queria aparentar. Virou-se para a mãe:

— Tem uma coisa que você esqueceu...

— E o que foi, posso saber, querida filha?

— O ônibus especial pro Gambazinho Feliz já deve ter saído, a esta hora. Portanto, não podemos mais ir pro acampamento...

— Isso é o que a senhorita pensa — a mãe não entregava os pontos com facilidade.

Naquele momento soou a campainha. Lucas foi abrir. Parado na porta estava um rapaz sorridente, de cabelo meio despenteado, quase tanto quanto o do próprio Lucas.

— Oi, tio Roberto!

— Oi, Lucas! Oi, meninas, tudo bem? — O tio tinha um jeito brincalhão e, naquele dia, parecia ter-se esquecido de fazer a barba. Enquanto a camisa de malha de Lucas se mostrava um tanto folgada para sua magreza, a do tio era bem mais justa no corpo acostumado a exercícios físicos diários. A não ser quando a preguiça falava mais alto que a disciplina...

— Aí está nossa salvação — disse a mãe, estendendo os braços na direção do recém-chegado. — Crianças, o tio Roberto se ofereceu gentilmente para levar vocês até o acampamento de férias Clube do Gambazinho Feliz!

— Me ofereci, é?

— Praticamente. Bem, acontece que ele finalmente tirou férias lá no Posto de Saúde. E, como vai para o mesmo lado...

— Vai passar as suas férias no Gambazinho Feliz, tio Roberto?

— Depende, Lucas. As instrutoras lá são bonitinhas?

— Quer parar de botar minhocas na cabeça das crianças?

— Ô, irmã, era só brincadeira... — virou-se para os sobrinhos. — Na verdade, moçada, estou indo para um hotel-fazenda na divisa Rio-Minas. Sabe como é, dinheiro de médico que trabalha no Estado não dá para ir a Paris... — passou a mão na cabeça do sobrinho como se fosse desmanchar seu cabelo. O que era impossível, pois não se desmancha o que já está desmanchado.

Foi andando para a cozinha e serviu-se de uma fatia do pão que ainda estava sobre a mesa.

— Oi, cunhado.

— E aí, Roberto? — O pai das crianças conferia rapidamente alguns papéis antes de fechar a pasta.

— Bem, já estou oficialmente em férias. Só quero saber de descansar. Agora, que estou solteiro de novo...

— Você passa metade do ano solteiro.

— E, atendendo a um pedido comovente da minha querida irmã, vou deixar seus pestinhas lá naquele acampamento de nome esquisito.

— Pois é, e eu que sempre me perguntei se cunhado servia pra alguma coisa...

— Bem — disse a mãe —, agora que todos concordamos harmoniosamente, é só o tempo de arrumar as coisas e colocar o pé na estrada. Aliás, para adiantar, eu até já arrumei a mochila de vocês...

— *Pô*, mãe, assim, sem consultar a gente?

— Quem vive de consulta é médico, Dani. Pergunta aí ao seu tio.

O pai, que como sempre já estava atrasado para o trabalho, abraçou e beijou os filhos.

— Divirtam-se, crianças. Aproveitem bem as férias. Não se esqueçam de telefonar, tá? Alimentem-se direitinho, coisa e tal. Não faço mais recomendações para não tirar o prazer da mamãe. Ela gosta de fazer todas...

— Tio Roberto — perguntou Dani, depois que o pai já havia saído —, como é que você espera chegar ao tal hotel-fazenda? Naquele seu Fusca velho?

— No Raio Azul, meu heroico companheiro de viagem, você quer dizer.

— Ou isso. Eu acho que aquela lata velha não vai aguentar. E você tem certeza de que sabe o caminho para o Clube do Gambazinho Feliz?

— Ora, menina! Você acha mesmo que o seu esperto tio aqui ia se perder numa viagenzinha tão simples?

Perdidos e achados

— Eu acho que estamos perdidos — Lucas não reconhecia a paisagem.
— Pois eu digo que estamos no caminho certo. Tão certo quanto me chamo...
— Epaminondas — completou Daniela.
O tio entrou na brincadeira.
— Isso. Epaminondas.
— Tio, tem mesmo certeza de que estamos no caminho certo?
— Claro, Dani.
— Tem mesmo?
— Sim. Ou melhor, quase. Bem, pode ser que não. Não, não tenho.
— *Pô*, tio...
— *Tá* bom, eu sei que é mais ou menos por aqui. Acho que sei. Quero dizer, parece que estamos ligeiramente perdidos!
— Não quero apressar ninguém, tio, mas é bom a gente se achar logo, porque parece que vem temporal por aí! — disse Lucas, olhando pela janela do carro o céu, que rapidamente escurecia.
Rodavam naquele momento por uma estrada velha e esburacada. O velho Fusca azul (que já tinha sido amarelo e vermelho)

sacolejava para lá e para cá, parecendo barco no mar revolto. Andar mais depressa era quase impossível sem correr riscos de danificar o automóvel.

— Posso ouvir música, tio? — pediu Lucas.

— Música a esta hora, menino? — A irmã não estava gostando nada de nada. — A gente devia ter ouvido era a previsão do tempo...

— Olha lá! Vem vindo um cavaleiro! A gente podia perguntar a ele se este é o caminho certo!

Logo se aproximaram do cavaleiro e pediram informações. O homem, que parecia apressado, empurrou o chapéu para trás, coçou a cabeça e disse:

— *Ih*, o senhor devia ter entrado na estrada nova, lá atrás. Aqui é a estrada velha.

— Bom, então é melhor pegar o retorno...

— Agora já está muito longe. É melhor o senhor seguir por aqui mesmo.

— Em frente?

— O senhor segue por aqui direto uns três quilômetros, vai chegar a um cruzamento. Aí o senhor vira à esquerda ou à direita.

— Espere aí, é à esquerda ou à direita?

— Depende; se o senhor estiver indo, é à esquerda, se estiver vindo, é à direita.

— Mas como que eu posso estar vindo, se ainda não cheguei? É claro que estou indo!

— E o senhor queria que eu adivinhasse?

— E então, como ficamos?

— O senhor fica do jeito que o senhor quiser, eu vou embora bem depressa que vem aí um baita dum temporal!

— E como é que eu vou saber o caminho?

— No cruzamento tem uma placa! — O cavaleiro já se afastava. Antes de esporear o cavalo, ainda gritou:

— Cuidado pra não pegar o caminho errado, senão vai parar na escola assombrada!

— O que ele falou? — perguntou Lucas para Dani.

— Acho que ele disse...

— Escola assombrada!!! — gritaram os dois, em coro.

A escola sinistra

A placa era antiga e quase ilegível. E o pior: tinha quebrado com o vento e não era possível saber para onde estava apontando antes. Os três tinham descido do carro e olhavam os arredores. O tempo estava cada vez mais ameaçador.

— E agora? — Roberto parecia não saber o que fazer.

— Por mim, a gente voltava pra casa!

— Acho que não vai dar, Lucas — disse o tio. — Olhe só, a tarde praticamente virou noite. Daqui a pouco desaba um toró. A nossa única esperança é achar logo o tal Clube da Cutia Feliz!

— Gambazinho — corrigiu Dani.

— Que diferença faz? Ou isso, ou passamos a noite no Raio Azul!

— Debaixo da chuva! — completou a menina.

— Alguém tem uma moeda? — pediu o tio.

— Pra quê? Não há nada aqui que a gente possa comprar.

E um mapa deve custar muito mais que isso... — Lucas estava meio desanimado.

— Vamos resolver no cara ou coroa.

O menino tirou uma moeda do bolso. Roberto jogou-a para o alto. Mas não conseguiu pegá-la na descida, a moeda caiu no chão e rolou para o mato.

— Pronto! — comentou Dani. — Ficamos na mesma!

— Na mesma, uma conversa! Eu fiquei com cinquenta centavos a menos! — protestou o irmão.

— Tudo bem, então vamos por aqui — o tio decidiu.

— Por quê?

— Porque eu estou dirigindo, e quem dirige é que decide.

Entraram no carro e seguiram em frente. A estradinha era ainda pior do que a que tinham deixado, se é que isso era possível. O Raio Azul tossia e parecia que ia desmaiar a qualquer momento. Mais alguns minutos e avistaram, meio encoberto pelas árvores, um prédio com aparência de abandonado. Mas era possível perceber algumas fracas luzes acesas.

— Bom, daqui não parece ser o tal Clube do Ouriço Feliz — disse o tio.

— É claro que não é. Parece mais uma... uma... — observou Daniela, hesitante.

— Escola abandonada?

— Eu nem queria dizer, mas é isso mesmo. Alguém lembra do que o cavaleiro falou na estrada? Sobre a tal escola vocês-sabem-o-quê...

— E dá para esquecer? — Lucas sentiu um ligeiro arrepio.

— Não sei por que, mas, de repente, passar a noite no Fusca não pareceu tão má ideia assim... — comentou Daniela.

— Bobagem, moçada. Vamos até lá. As luzes mostram que o local é habitado. Eu vou na frente. Não vai dar mesmo para chegar a outro lugar antes da chuva...

O prédio tinha um desenho simples e funcional. Linhas retas, parecia uma caixa com amplas janelas. Alguns vidros estavam em mau estado e, certamente, quando caísse a chuva que se avizinhava, entraria água em algumas dependências. O muro não era muito alto e, através das grades do portão, os três puderam ver a larga porta de ferro que dava acesso ao interior do prédio.

Lucas, Daniela e Roberto desceram do carro bem perto da entrada. O portão não estava trancado, a fechadura parecia quebrada havia anos. Entraram, e o tio bateu palmas.

— Acho que não tem ninguém.

— É isso aí, tio. Então vamos indo embora...

— Se não tiver ninguém, Lucas, a gente entra e passa a noite aí — sugeriu Roberto.

— *Tá* louco, tio? Dormir aí, junto com aranhas...

— ... e baratas... — disse Daniela.

— ... e lacraias... — prosseguiu Lucas.

— ... e morcegos...

— ... e... e... FANTASMAS! — os dois gritaram porque havia aparecido alguém numa das janelas.

— O que querem aqui? — perguntou uma voz de homem.

— Boa-tarde! — cumprimentou Roberto, com simpatia. — Ou boa-noite. Já está tão escuro, não é mesmo?

— É que a gente se perdeu na estrada, moço — a voz de Daniela tremia um pouco, mas se esforçava para mostrar coragem —, e precisava de um lugar para passar a noite.

— Aqui não é hotel. Passem bem.

— Puxa, moço. Vem a maior chuva por aí! O senhor terá coragem de nos deixar do lado de fora? — Dani tentava comovê-lo.

— Terei. Mais alguma pergunta?

— Só uma: e se fosse sua filhinha que estivesse aqui?

— Eu não tenho filha. Adeus.

— E se a gente pagasse?

O homem hesitou. A sombra sumiu da janela por um instante. Ouviram-se vozes. Parecia estar discutindo a questão com alguém. Depois de algum tempo, a larga porta se abriu com um rangido. Dois homens estavam de pé, à espera deles. Ambos aparentavam mais de cinquenta anos, mas um tinha bem menos cabelos do que o outro. Já havia escurecido tanto que o segundo homem trazia na mão um castiçal com uma vela. A chama tremulava com o vento, iluminando a feição dos homens de baixo para cima. Os dois pareciam precisar de um regime para emagrecer.

— Podem entrar. — O homem que os havia atendido à janela tinha a fisionomia mais fechada que a do calvo. Suas sobrancelhas eram espessas, e os fios do seu cabelo pareciam torcedores numa briga de arquibancada de futebol: cada um ia para um lado diferente.

— Obrigado.

— Venham por aqui.

Seguiram os homens por um corredor largo, ao longo do qual viam-se várias portas. Apesar da pouca luz, dava para notar que alguns pontos da parede deixavam à mostra os tijolos. Tudo tinha mesmo um jeito de inacabado. Ou de arruinado. Enquanto caminhavam, a vela lançava longas e sinistras sombras na parede. Lucas e Dani começaram a sentir uma sensação desagradável.

Quando chegaram diante de uma das últimas portas, onde o corredor virava para a esquerda, os dois homens pararam e um deles abriu a porta.

— Entrem, por favor.

Os três entraram. E arregalaram os olhos com a surpresa!

Tudo em família

O ambiente ali era totalmente diferente do que haviam visto. As paredes eram pintadas de cor clara. Móveis antigos ocupavam o espaço de uma sala não muito grande. Cortinas na janela davam um ar de ambiente familiar. Vários castiçais, estrategicamente distribuídos, iluminavam o cômodo de modo bastante satisfatório. Uma mesa grande, de madeira escura, ocupava o centro da sala, rodeada por cadeiras igualmente antigas. À cabeceira, uma mulher magra, mais velha que os dois homens, com os cabelos penteados para cima, sentava-se com os dedos cruzados sobre o tampo da mesa. As rugas no longo pescoço pareciam listras verticais como as grades de uma prisão. Os cabelos eram brancos, com reflexos em tons de azul e violeta. No primeiro momento, Dani achou que era efeito da iluminação, mas, quando se aproximou, percebeu que era tintura, mesmo.

— Boa noite — cumprimentaram. — Nós não queríamos incomodar...

— Já incomodaram. Mas, fazer o quê? — suspirou. — A caridade cristã, as normas da hospitalidade nos obrigam... Se não se importarem que eu pergunte, o que estão fazendo aqui?

Os meninos e o tio se apresentaram, mas os moradores não fizeram o mesmo. Ajudado por Lucas e Daniela, que, sem serem convidados, ocuparam duas das cadeiras, Roberto contou toda a história de como tinham errado o caminho e chegado ali.

— O senhor deveria ter ido pela estrada nova. Nova é modo de dizer, já tem mais de quinze anos. Desde que abriram a outra estrada, esta parte da região ficou praticamente relegada ao esquecimento. É difícil ver estranhos por aqui.

Daniela quis entrar na conversa.

— A senhora mora aqui? Mas isto parece uma escola...

— É uma escola. Ou melhor, foi construída para ser uma escola. Nunca funcionou. Nem foi terminada, como podem ver. Na época, quando faltava pouco para completar a obra, o partido governante perdeu a eleição, e o prefeito seguinte não prosseguiu a construção. Houve acusação de superfaturamento na obra, e a escola, praticamente pronta, ficou no abandono. Com a abertura da nova estrada, aí mesmo é que ninguém mais se interessou. Como vocês devem ter visto, não há nenhuma casa aqui por perto.

— Mas não é uma maluquice? — disse a menina, olhando em volta.

— Não entendi. A que maluquice a mocinha se refere?

— Construir uma escola neste local... Se não há ninguém morando nos arredores, quem é que ia estudar aqui?

— *Oh*, Senhor, tudo tem que ter explicação... — a mulher respirou fundo. — Na época, uma montadora multinacional de automóveis pretendia abrir uma fábrica perto daqui. Para facilitar a vida dos trabalhadores, o Estado e a prefeitura resolveram criar uma série de melhorias para que pudessem morar nas proximidades.

— E a escola estava entre elas — disse o tio.

— Foi a primeira delas, na verdade. O prefeito ia dar a ela o nome de sua mãe. Sua, dele, quero dizer. Por isso quis construí-la primeiro, queria inaugurar antes do término do mandato. A obra atrasou, não conseguiu. Pretendia construir casas populares, um posto de saúde, melhorar a estrada...

— E o que aconteceu?

— Bem, outro Estado ofereceu mais vantagens à montadora. Menos impostos. E a fábrica foi para lá. O resto é como contei antes.

— Alguém, no caminho para cá, falou de uma escola assombrada. É esta? — perguntou Lucas.

A mulher sorriu. Na boca enrugada, o batom vermelho parecia não acompanhar o contorno dos lábios.

— Coisas do povo da região. Às vezes passam na estrada, veem as luzes de velas, não sabem que moramos aqui... Daí, criaram a lenda. Mas não somos assombrações...

— E quem são?

— Menina curiosa... E podia ser mais educada. Menos enxerida, se é que me entende. Nossa história aqui é um pouco longa.

— Conte, conte — pediu Roberto, sentando-se também e olhando para fora. A chuva começava a cair. As gotas eram grossas e pesadas. Logo desabou o temporal. Devia ficar assim até o dia seguinte. — Acho que nós teremos tempo de sobra para ouvir.

Passado e presente

"— Meu nome é Clotilde, e estes são meus irmãos, Valdir e Osvaldo. Nossa família sempre foi muito abastada, dona de terras e plantações. Dinheiro nunca foi problema para nós. Nenhum de nós se casou. Não que faltassem pretendentes. Sabíamos, porém, que todos estavam apenas de olho nas nossas posses. Aqueles ambiciosos! Golpistas! E resolvemos que não íamos entregar nada assim, de bandeja. Foi o que fizemos.

"Com a morte dos nossos pais, os negócios ficaram por conta de um administrador. Não havia motivos para preocupações. Durante anos vivemos muito bem, sem fazer ideia do que iríamos sofrer depois.

"A partir de certo momento, passamos a ter dificuldades para falar com o administrador. Ele não mais nos visitava e, se o procurávamos, dava desculpas para não nos atender... Como era um homem muito ocupado, não desconfiamos de nada.

"Um dia chegaram à nossa casa dois homens. Eram da prefeitura. Disseram que devíamos impostos havia muitos anos e que tínhamos até o final do mês para fazer o pagamento. Ficamos surpresos! Afinal, estávamos certos de que o administrador sempre havia feito os pagamentos corretamente. Fomos à procura dele. E descobrimos que o escritório havia sido fechado.

"Ninguém sabia para onde ele tinha ido. Havia embolsado, durante anos, o dinheiro destinado aos impostos e outras despesas, e, quando a coisa apertou, fugiu, deixando a bomba no nosso colo.

"Logo apareceram outros cobradores. Desorientados, não sabíamos o que fazer. E perdemos tudo. Ou quase tudo. De uma hora para a outra, ficamos até sem ter onde morar.

"Foi quando descobrimos este prédio abandonado. E trouxemos nossos móveis para cá. Não há tanta gente pobre que ocupa prédios abandonados? Os ricos também têm que ter o mesmo direito! Abaixo o privilégio! Até porque havíamos nos tornado ex-ricos...

"Não tínhamos como completar toda a obra da escola ao nosso gosto. Assim, demos um jeitinho em algumas salas. As outras ficaram como estavam. E passamos a viver aqui. Eu, Osvaldo, Valdir e a Carmela, que já trabalhava com a nossa família havia anos.

"Ainda temos algumas coisas, joias da família, pertences, antiguidades... Quando há necessidade, Carmela vai até a cidade e negocia alguma peça. Isso nos sustenta por mais algum tempo. E assim mantemos nossa vida, quase em segredo.

"Usamos os mesmos móveis, temos as mesmas roupas, os mesmos cristais. Estamos praticamente em casa. Mas não podemos nos expor publicamente. Imaginem só, uma família tradicional como a nossa... seria uma vergonha!

"Assim, como podem facilmente compreender, evitamos denunciar nossa presença. Ou seja, ninguém sabe que vivemos aqui."

•

— Ninguém? – perguntou Daniela.

— Bem... ninguém, até o dia de hoje. Agora, vocês três sabem... O que pode não ser muito bom para nenhum de nós.

Podia ser apenas impressão. Talvez estivessem enganados. Mas Roberto, Lucas e Daniela julgaram ter notado um ligeiro tom de ameaça nessas palavras.

Outro

Ainda conversaram por longo tempo. Na presença de Clotilde, seus irmãos permaneciam praticamente calados. Mas bastou que ela se afastasse por alguns instantes para que passassem a conversar normalmente. Osvaldo, o calvo, parecia até simpático. Valdir, ao contrário, era meio mal-humorado. Porém, a festa não durou muito: foi só ela retornar e calaram o bico novamente.

— Osvaldo, indique aos nossos... hóspedes uma das salas. Lamento, mas não temos roupas secas nem cobertas a oferecer. Podem ficar até a chuva diminuir. Talvez demore, já chove há horas... Por mim, eu os poria no olho da rua. Mas a minha alma caridosa, este meu coração de manteiga, a minha abnegação cristã não o permitem. Vão, vão... — disse a mulher, suspirando e fazendo um gesto de dispensa.

— Obrigado, Dona Clotilde.
— Senhorita Clotilde, faça-me o favor.
Quando saíam, Valdir lembrou-se de algo:
— Vocês tinham falado em pagar pelo pernoite...

— *Ah*, sim — apressou-se Daniela em explicar. — Foi só uma pergunta. Uma perguntinha só, só pra puxar assunto, entende? Feito quem pergunta as horas. A gente não tem dinheiro, mesmo...

Osvaldo seguiu na frente, conduzindo-os até uma sala vazia. Os vidros da janela estavam intactos, mas não havia um móvel sequer. Cama, nem pensar. Como dormitório, não era lá estas coisas, mas bem melhor do que passar a noite na chuva. Ou dentro do carro.

— Vocês podem dormir aqui. Sinto não ter cobertas para oferecer — disse Osvaldo. Baixou a voz: — Talvez mais tarde, depois que a nossa irmã dormir...

— Não se preocupe, Osvaldo — Roberto buscou tranquilizá-lo. — Tenho alguma coisa no porta-malas do carro. Se a chuva diminuir um pouco, vamos até lá e pegamos um cobertor.

— Já trouxemos as mochilas — lembrou Lucas. — Podem servir de travesseiro.

— Desculpem a Clô — Osvaldo parecia constrangido. — O jeito dela é assim mesmo. Mas é uma boa pessoa...

Apesar do barulho da chuva, pareceu-lhes ter ouvido palmas do lado de fora. Olharam pela janela. De fato, havia um homem junto à entrada. Devia estar molhado como um peixe. Carmela, a empregada, uma mulher discreta, mais ou menos da idade de Valdir, foi abrir a porta. Mancava ligeiramente da perna esquerda.

— Meia-volta? — perguntou Dani em voz baixa, transbordando de curiosidade.

— Você manda, maninha.

Enquanto Roberto e Osvaldo conversavam, os irmãos, disfarçadamente, pegaram uma das velas e voltaram pelo corredor, como quem não quer nada. Chegaram bem a tempo de ver um homem encharcado e com as roupas sujas de lama. Usava gravata e camisa de mangas curtas. A calça escura tinha, graças à água e à lama, uma cor indefinida. Lucas e Daniela deixaram o castiçal no chão do corredor e se aproximaram mais, para ouvir o que ele dizia.

— O meu... meu carro... ficou atolado perto daqui. Então eu vim andando... vi as luzes e...

— Quem é, Carmela?

— É este senhor, seu Valdir. Diz que o carro dele está atolado perto daqui.

— E nós com isso? Não temos reboque, se é o que quer saber.

— Eu... pensei... que poderia me oferecer abrigo. Até a chuva passar...

— Mas que droga! — resmungou Valdir. Viu que o irmão estava chegando. — Osvaldo, vá falar com a Clô. Parece que temos mais um problema...

Discretamente, Dani e Lucas acompanhavam tudo.

— O que você acha? — perguntou o menino.

— Acho que é mais um para passar a noite aqui. Acho que a Dona Clô faz mais negócio se fizer disto aqui uma pensão... — disse a irmã.

O homem foi apresentado à Clotilde, que o atendeu ainda com mais frieza do que tinha atendido Lucas, Daniela e o tio. No entanto, fez questão de lhe explicar que morava ali com os irmãos porque tinha sido contratada para ser diretora da escola. Como a escola nunca fora concluída, tinham ficado por ali mesmo, como uma compensação por parte da prefeitura.

— E o senhor, o que faz aqui?

— Eu sou... o.. Silva. Sou... representante comercial. Meu carro... o carro...

— Já sei. Ficou atolado perto daqui. Por isso o senhor está aqui agora, molhando e sujando de lama o meu tapete.

— Puxa! — Silva olhou para o chão, constrangido. — Eu peço mil desculpas... Não tive a intenção...

— Aposto que vai pedir para ficar aqui até o tempo melhorar.

— Se eu aceitasse a aposta, a senhora ganharia.

— Senhorita, por favor. Eu devia negar. Devia dizer ao senhor para ir ver se eu estou na esquina. Devia mandá-lo pentear macaco. Mas a minha bondade, a minha magnanimidade, é grande demais. E a minha benevolência cristã não me permite fazer uma coisa dessas. Osvaldo, por favor, arranje um lugar para este... O que foi isso? — acabara de ouvir mais alguém chamando lá fora. Não podia acreditar.

Osvaldo hesitou entre levar o homem para alguma das outras salas ou atender à porta. Carmela antecipou-se a ele e foi abrir. Por incrível que possa parecer, havia chegado outro visitante.

Sempre cabe mais um

— Meu... nome é... Souza. O meu carro ficou atolado na lama. Aí eu vim andando e vi a casa. E pensei...

— Parece uma gravação — resmungou Carmela, dando passagem ao recém-chegado. — Entre, entre! Isto aqui já virou bagunça, mesmo!

— Nossa! — exclamou Lucas. Ele e a irmã observavam a certa distância e falavam em voz baixa. — Pelo jeito, a coisa vai longe!

— Eu tenho um pressentimento de que vai mesmo, mais do que a gente pensa... — disse a menina.

— Você não achou este aí meio parecido com o que chegou um pouco antes?

— É... Bem, sei lá. Na verdade são diferentes; um é alto e forte, outro é magro e mais baixo... Mas há alguma coisa semelhante nos dois. Parecem até irmãos. Não sei se é aquele cabelo cortado rente... — Dani também havia ficado um pouco desconfiada.

— Sabe o que estou pensando? Acho que estes dois estavam juntos, e chegaram separados para não despertar suspeitas.

— Suspeitas de quê?

— Isso ainda não sei — disse o menino. — Mas, se a gente continuar observando, vai acabar descobrindo. Que aí tem coisa, *ah*, isso tem!

O mesmo ritual se repetiu. Valdir levou o novo visitante para falar com Clotilde. Ainda chegou a cruzar no corredor com Osvaldo, que encaminhava o visitante anterior a uma das outras salas. Os dois homens se entreolharam, dissimuladamente. Um bom observador acharia que, de fato, não era aquela a primeira vez que se viam.

— Então o seu carro também atolou? — perguntou Clotilde.

— Isso mesmo. Como é que a senhora sabe?

— Senhorita, por favor! Se-nho-ri-ta! Digamos que eu tenho, bem, um certo dom de clarividência. Quer ver? O senhor, agora, vai me pedir para passar a noite aqui, certo?

— Extraordinário! A senhora... digo, a senhorita deveria estar na televisão! Que dom fantástico!

— Detesto bajuladores. Valdir, aloje este senhor... Souza junto com o outro, como é mesmo o nome dele?

— Silva.

— Isso. Senhor Silva. Espero que os dois façam amizade. E fiquem bem longe de mim. Agora, o meu problema é o que fazer com toda esta gente. Se ainda fossem só aqueles três...

— Como disse, senhora, perdão, senhorita? Falou em três?

— Sim, o rapaz, o tal médico, e os dois sobrinhos. Foram os primeiros a chegar.

— *Ah*, bem. Obrigado por me acolher aqui na sua escola. É mesmo uma escola?

— Sim. Eu e meus irmãos morávamos aqui desde a nossa infância, e a prefeitura resolveu construir o prédio da escola em volta da nossa casa. Processamos o prefeito, e eles abandonaram tudo, como o senhor está vendo.

Valdir retirou-se, conduzindo o tal Souza. Daniela e Lucas estavam cada vez mais intrigados.

— Isso tudo está muito esquisito — comentou a menina.

— Bota esquisito nisso!

— Tem uns mistérios por aqui que eu gostaria de desvendar...

— É, eu também! Tem uma coisa muito importante que eu queria descobrir!

— Que coisa? — perguntou Dani.

— A cozinha. Até agora não rolou nada de comida por aqui... Parece que ninguém come nesta casa!

Dali a poucos minutos, estavam todos de volta à sala, sob o olhar contrariado de Clotilde, que resmungava baixinho: "Um atola aqui, outro ali, são mesmo um bando de atolados!"

— Que chuva, *hein*? — comentou Silva, na falta de coisa melhor para dizer.

— A gente podia arranjar alguma coisa pra passar o tempo — sugeriu Daniela.

— Alguém tem um baralho?

— Tenho um lá no carro — disse Roberto —, mas não tenho nenhuma disposição de encarar essa chuva só por causa dele.

— Os senhores não estão pretendendo fazer da minha casa um cassino, estão? — Clotilde não estava gostando nada da situação.

— Não, senhora, digo, senhorita. — Silva tentou justificar a proposta: — É que, numa noite chuvosa assim, nós aqui ilhados, sem nada pra fazer...

— Só não vale começarem a cantar aquelas musiquinhas do Clube do Gambazinho Feliz — cochichou Daniela no ouvido de Lucas.

— Que tal a gente contar histórias? — A sugestão havia partido do último a chegar, o que dizia se chamar Souza. Se fosse de Lucas ou Dani, iam logo dizer que era "coisa de criança".

— Que tipo de história? Piada, anedota?

— Alguém conhece a história da loura do banheiro? — perguntou o Silva.

Clotilde levantou-se, furiosa.

— O senhor não ouse contar histórias indecentes aqui na minha casa! Ainda mais com crianças presentes! Olhe que esqueço os princípios da caridade cristã e o ponho pra fora com chuva e tudo! E a pontapés!

— Calma, Dona Clotilde! A história da loura do banheiro é uma história de assombração...

•

Dizem que uma jovem estudante, a tal loura, apaixonou-se por um dos seus professores. Passava as aulas suspirando por ele. E, em determinado momento, por uma razão qualquer, talvez um olhar mal interpretado, passou a achar que ele correspondia aos seus sentimentos. Aí mesmo é que suas fantasias românticas foram crescendo até se tornarem incontroláveis. Um dia tomou coragem para abordar o professor na saída do colégio. Mal tinha aberto a boca, quando se aproximou uma moça, e o professor apresentou-a como sua mulher. Desiludida, a estudante loura voltou correndo para dentro do colégio, trancou-se no banheiro e se matou. Dizem que até hoje o fantasma dela, volta e meia, aparece nos banheiros dos colégios. Tem gente que nem usa os banheiros, mesmo com muita vontade, com medo de encontrar o fantasma da loura.

•

— Eu já conhecia essa história — disse Daniela.

— Eu também — confirmou o irmão. — É velha, velhíssima. Todo o mundo contava, lá no colégio.

— Uma bobagem. Que mau gosto, morrer por causa de um homem! — Clotilde havia acompanhado atentamente a narrativa, mas parecia realmente decepcionada com o desfecho. — E mais: esse negócio de fantasma não existe!

— A senhora — perdão, senhorita — tem certeza? Olhe que muita gente boa já viu! — Silva ergueu as mãos crispadas acima da cabeça, imitando um fantasma. Ainda deu um gemido, *uuuuu...*, para ajudar no convencimento.

— EU não vi. Isto me basta.

— Não digo que sim nem que não — disse o Souza, prudentemente. — Já imaginou o que é estar em casa numa noite feia como esta e de repente ouvir...

Nesse exato momento, todos ouviram fortes pancadas na porta.

●

Carmela, que também havia acompanhado a história, foi, mancando, abrir a porta. Deu de cara com um homem de seus sessenta anos, todo molhado, muito pálido, com os olhos revirados... e com um fio tortuoso de sangue escorrendo pela testa. Antes que a criada tivesse qualquer reação, o homem caiu duro em cima dela. Carmela soltou um grito de estilhaçar cristais.

●

Todos acorreram, assustados. Encontraram a criada estatelada, de olhos arregalados, sob o corpo do homem.

— Está morto! Ele está morto! — gritava.

Visitantes demais

— Tenho boas notícias, senhor diretor — o chefe da guarda parecia satisfeito. — Como eu havia previsto, a chuva atrapalhou bastante os planos dos fugitivos.
— E daí? Se tem alguma coisa mais a dizer, fale logo, homem de Deus!
— A maioria já foi recapturada. Alguns nem chegaram a ir longe. Dois se entregaram voluntariamente. A chuva forte fez com que desistissem. Outro deu azar: foi pedir carona na estrada. Entrou no primeiro carro que parou. No escuro, não viu que era uma das nossas viaturas.
— Bom. Isso é muito bom. E os demais?
— Cinco foram encontrados em vários pontos, perambulando pelo mato. Haviam perdido a direção e andado em círculos. Entregaram-se de boa vontade, doidos por qualquer lugar fora da chuva e da lama.
— Você disse "a maioria". Isso quer dizer que ainda faltam alguns...
— É apenas uma questão de tempo, senhor diretor.

— Quem está faltando?

— Bem...

— Quem?! — O bigode do diretor estremeceu outra vez. Mau sinal.

— Omar Vadezza, senhor. E o irmão, Osmar Vadezza.

— *Ah*, não!

●

Roberto pediu a todos que se afastassem, aproximou-se do corpo, tomou-lhe o pulso.

— Ele está apenas desmaiado — viu o corte na testa. — Levou uma pancada forte na cabeça. É melhor levá-lo para dentro.

Souza e Silva pegaram o mais recente visitante, um pelos braços, outro pelas pernas, e carregaram-no para a sala.

— No meu sofá, não! No meu sofá, não! — gritou Clotilde. Mas já era tarde. Colocaram o homem molhado no sofá, que praticamente era uma relíquia de família.

Roberto perguntou a Osvaldo se tinha algum material para curativo, gaze, esparadrapo, algodão... O outro confirmou e apressou-se em buscar o solicitado.

Em poucos minutos o homem acordava. No primeiro momento pareceu estranhar estar cercado por pessoas desconhecidas. Depois, dirigindo-se ao Souza, perguntou:

— Eu não o conheço de algum lugar?

— Tenho certeza de que não. Ainda nem fomos apresentados.

— Desculpe, estou um pouco confuso. Sou o Dr. Barbosa Costa. Ai, que dor de cabeça... — levou a mão à testa. — Um curativo... Quem fez isto? Quem cuidou de mim?

— Eu — adiantou-se Roberto. — Mas todos ajudaram.

— *Ah*! Então vou processá-los por exercício ilegal da medicina!

Ninguém entendeu bem a reação do ferido. Ingratidão, ali, sobrava. Mas Roberto interrompeu-o:

– Acho que não. Eu sou médico.

– Mesmo? Puxa, que pena! Acabo de perder uma boa causa... – suspirou. Ainda deitado, enfiou a mão no bolso do colete e retirou um punhado de cartões de visita que distribuiu para todos. – Tomem, tomem... Vocês também, crianças. Se um dia precisarem dos meus serviços...

Lucas leu o cartão:

Dr. A. Barbosa Costa
advogado

A seguir vinham o endereço e o telefone.

– Andem, andem! O que estão esperando? Ajudem-me a levantar! – Agitando os braços, o advogado tentava pôr-se de pé.

– O senhor precisa de repouso. O que aconteceu?

– Pois já lhe conto, meu jovem médico. Você é médico mesmo, não é? A propósito, eu não o conheço de algum lugar?

– É a primeira vez que nos vemos – assegurou Roberto.

– Desculpe. Mas, como eu ia contar, vinha eu no meu carro, debaixo desta chuva maldita, quando ele derrapou na lama. Tentei controlá-lo, mas foi inútil. Bati numa maldita árvore e dei com a cabeça no maldito vidro. Não sei quanto tempo estive desmaiado, mas, quando acordei, estava no chão sob a chuva e alguém tinha levado o maldito carro!

– E certamente o senhor não viu quem foi? – perguntou Lucas.

– É surdo, por acaso, meu rapaz? Não falei que estava desmaiado? Tudo de que me lembro é que saí andando até conseguir chegar aqui. Bati na porta, mas, quando abriram, senti faltarem-me as forças... Olhe em que estado ficaram minhas roupas! Sabem quanto me custou este terno?!

Clotilde aproximou-se.

– Receio que, pelo seu estado, eu não possa deixá-lo ficar na mesma condição que os outros, ou seja, dormindo no chão.

— Se fizer isto, cara senhora, eu a processo. Arranco-lhe até o último centavo!

— Quanta gratidão! Isto é deveras comovente — dirigiu-se à Carmela — Ceda-lhe seu quarto por esta noite. Valdir, empreste-lhe umas roupas secas. Já temos problemas demais sem precisar enfrentar um rábula mal-agradecido!

— Olhe lá como fala, senhora!

— Se-nho-ri-ta. A criada pode dormir no sofá. Não ficaria bem para uma moça solteira dormir no mesmo quarto que um homem. Se é que se pode chamar isto de um homem!

O advogado bem que tentou ir para o quarto com suas próprias pernas, mas não encontrou forças para tanto. Teve de ser amparado. Deram-lhe cobertas e travesseiro, foi o mais bem tratado dos "hóspedes", mas mesmo assim não parava de reclamar.

— Não vou usar roupa de qualquer um! E se este infeliz tiver uma doença de pele contagiosa? Eu tenho roupas na minha bagagem!

— Sua bagagem ficou no seu carro, doutor. E ele foi roubado, lembra-se? — Valdir trouxe-lhe um pijama estampado com ursinhos.

— Roubado?! Quem o roubou?

— Não sabemos. O senhor estava desmaiado...

— *Ah*, é. Mas, se eu pegar alguma sarna por causa deste pijama, alguém aqui vai pagar caro! Muito caro! Escute aqui, eu não o conheço de algum lugar?

— É melhor o senhor dormir. Precisa de descanso. Mais tarde eu lhe trago um chá — disse a criada, ajeitando o travesseiro. O advogado ainda esbravejava, dizendo que ia fazer e acontecer.

Pouco a pouco, porém, foi se acalmando. Antes de pegar no sono, ainda olhou para Carmela:

— Eu não a conheço de algum lugar?

— Bem, acho que finalmente poderemos dormir nesta casa! — desabafou Clotilde. — Parecia que não acabava mais de chegar gente! Se chegasse mais um, só mais um, eu juro que...
Novas pancadas na porta. Inacreditável!
— Vá ver quem é, Osvaldo.
— Vá ver você, Valdir.
Carmela foi. Dois homens altos e fortes aguardavam. Embora tivessem os cabelos encharcados, suas roupas, mal ajustadas ao corpo, estavam limpas e menos molhadas que as dos outros visitantes.
— Já sei, já sei... — disse a empregada. — Seu carro está atolado perto daqui e ...
— Não — disse o mais alto dos homens. — Nós somos da polícia. Estamos à procura de dois fugitivos da prisão.

Dois prisioneiros

— Polícia? — Clotilde parecia não acreditar no que ouvia. — Era só o que me faltava! Ou melhor, o que não me faltava! — Para atender com mais tranquilidade aos recém-chegados, tinha pedido com muita delicadeza que os outros "hóspedes" fizessem o favor de irem dizer bobagens em outra freguesia. Mas Dani e Lucas ficaram perto da porta, de onde dava para ouvir quase perfeitamente a conversa.

Desta vez, Roberto percebeu a manobra dos sobrinhos.

— Vocês não vão dormir?

— Puxa, tio, isso aqui *tá* muito melhor do que aquele acampamento chato! — disse Lucas.

— É, mas eu estou achando tudo muito estranho. Esse pessoal passou os últimos quinze ou vinte anos sem receber ninguém, e hoje já estamos com problemas de superpopulação...

— É assim mesmo que funciona, tio. Você nunca leu história policial?

Disfarçadamente os dois foram chegando, aproximando-se e tentando ouvir o que diziam os últimos visitantes.

— Bonita sua casa, dona. Quero dizer, esta parte aqui. A de fora é meio esquisita. Não leve a mal, mas parece até uma escola. A gente até pensou que fosse... Mas é uma casa, né?

— É. Nosso arquiteto era um pouco excêntrico. Pagamos uma fortuna por este projeto.

— Foi o que pensei — disse o homem.

— Eu sou o policial Castro e este é o policial Alves. Houve uma fuga da prisão estadual há algumas horas. Parece que quase todos os fugitivos já foram recapturados.

O outro policial prosseguiu:

— Mas há dois em especial que, por sua alta periqui... perigui... periculosidade, precisam ser detidos o quanto antes!

— São os irmãos Vadezza! — disse Castro.

— Omar Vadezza e Osmar Vadezza — complementou Alves.

— Eles são perigosos.

— Muito perigosos.

— São capazes de roubar pirulito de criança!

— E dar cascudo, se a criança demorar a entregar!

— Assaltaram um restaurante chinês.

— E mataram o garçom porque não quis servir comida italiana!

— São terríveis!

— É. Terríveis.

— Os dois tentaram, no início, fazer carreira como dupla sertaneja. A concorrência, porém, era muito grande e fracassaram. Tentaram várias outras coisas e nenhuma deu certo. Até que começaram a fazer pequenos assaltos. Dos pequenos para os grandes foi um pulo. E, aí sim, conseguiram sucesso. Isto é, até serem presos. Quando foram a julgamento, o advogado deles, um tal Asdrúbal, nem apareceu. Tiveram que substituí-lo às pressas por outro menos experiente. Eles foram condenados. E, como já dissemos, fugiram esta noite... Então vários policiais foram convocados para procurá-los pelos arredores.

— A senhora não notou nada suspeito?

— Se-nho-ri-ta! Caro policial, hoje tudo aqui está muito suspeito! Todos são suspeitos, até prova em contrário!

— Mas uns são mais suspeitos que os outros — disse Daniela, se aproximando.

— A conversa ainda não chegou na cozinha — respondeu delicadamente a senhorita Clotilde. — No meu tempo, criança tinha mais educação e não se metia onde não era chamada. A propósito, não mandei dar o fora?

Mas o policial Castro pareceu curioso.

— O que a menina quis dizer?

— Sei lá — Alves fez um gesto de impaciência. — Melhor perguntar a ela.

— Tá. O que você quis dizer, menina?

— Bem — começou Daniela, sentando-se à mesa e dando-se ares de importância —, os dois que chegaram antes de vocês parecem muito estranhos. Chegaram separados, mas está na cara que se conhecem. Repetiram uma história quase igual! E aqueles nomes, Souza e Silva... Não sei, não... Parecem mais falsos que promessa de político.

— Ora, onde já se viu? Tem muita graça! A pirralha agora pensa que é detetive! — menosprezou Clotilde. — Os senhores não vão levar a sério o palpite da menina, vão?

— Depende, minha senhora.

— Se-nho-ri-ta.

— Será que a senhorita pode trazer os dois aqui? Vamos ter uma conversinha com eles...

— Acha que eles podem ser os irmãos Vadezza, policial? — perguntou Lucas.

— Não sabemos dizer, garoto. Na verdade, não houve tempo para distribuir fotos dos criminosos, para auxiliar a busca. Ou seja, nós nem sabemos muito bem como são os irmãos Omar e Osmar Vadezza...

— Mas, se eles são bandidos famosos... — começou Clotilde.

— Sim, mas estavam presos há algum tempo. Eu nem era policial na época em que foram capturados.

— E a aparência muda: as pessoas engordam, emagrecem... — disse Alves.

Souza e Silva foram chamados. A primeira pergunta feita pelos policiais já os embaraçou:

— Os senhores têm algum documento que os identifique com os nomes que me deram?

— Bem... — Silva coçou a cabeça.

— Quer dizer... — Souza levou as mãos aos bolsos.

— Os meus documentos ficaram no carro.

— Os meus também.

— E os carros estão atolados em algum lugar por aí, impossível de ser alcançado por agora — disse Castro.

— Isso — concordou Souza.

— Isso mesmo — confirmou Silva.

— Não falei? — disse Daniela. — Tem coisa estranha ou não tem?

— Você não acha, queridinha — Clotilde tinha um tom amável na voz —, que criança enxerida é uma coisa muito feia?

— *Ah*, acho sim senhora. Ainda bem que não conheço nenhuma assim...

— Um momento, por favor — o policial Castro dirigiu-se a Silva e a Souza. — Sinto muito, mas os senhores não me deixam outra alternativa senão detê-los para averiguações. De manhã, iremos até o carro e será fácil comprovar se disseram a verdade.

— Isto é um absurdo! — Souza estava indignado.

— Exijo a presença do meu advogado! - protestou Silva.

— O único advogado da casa não está em condições de ser incomodado — Clotilde encarregou-se de enterrar as esperanças dos dois.

— Advogado? — perguntou Castro.

— Sim. Chegou antes dos senhores. Feriu-se num acidente e está agora em repouso, lá no quarto da Carmela.

— E com meu pijama — resmungou Valdir.

Os dois policiais ficaram pensativos.

— A senhora, digo, senhorita poderia nos ceder uma das salas para que fosse usada como cela, temporariamente? — perguntou Castro.

— Sem dúvida. Salas de aula, celas, têm realmente alguma coisa em comum.

— Muito bem, então vamos... — O policial Alves levantou-se e indicou a porta aos dois prisioneiros.

— Um momento! — disse alguém. E viram Valdir, com seus cabelos alvoroçados, surgir no vão da porta. O que os surpreendeu foi perceber que ele tinha nas mãos uma espingarda de dois canos!

Passos na escuridão

— Acho que os senhores vão precisar disto! — Valdir estendeu a arma aos policiais. — Se eles são tão perigosos, talvez tentem fugir de novo durante a noite!

— É, tem razão.

Dani e Lucas, que já tinham até levantado os braços, suspiraram aliviados.

Os policiais levaram Souza e Silva para uma das salas vazias. As janelas foram trancadas com cadeados.

— Não se preocupem — tranquilizou-os o policial Castro. — Se forem quem dizem ser, estarão livres pela manhã, com as nossas desculpas.

— Isso mesmo — concordou Alves. — Pela manhã.

Os dois policiais resolveram, através do científico método do par ou ímpar, qual ficaria de plantão primeiro do lado de fora da sala improvisada em prisão. Alves perdeu, embora tivesse dúvidas se três era mesmo par, como afirmou o parceiro. Sentou-se a contragosto em uma cadeira em frente à porta, com a espingarda nas mãos. O castiçal com a vela foi colocado numa banqueta ao seu lado.

— Muito bem — disse Castro, com um bocejo —, não saia daí nem se a casa vier abaixo! Daqui a duas horas venho substituir você.

Assim, todos foram se ajeitando em várias salas para passar o que restava da noite. Andavam pelos corredores com velas na mão. Parecia até uma procissão de almas penadas. Clotilde foi deitar-se, preocupada. Desse jeito, seu estoque de velas para seis meses podia acabar antes do amanhecer...

Roberto, Dani e Lucas arranjaram-se como puderam. Os sobrinhos usaram as mochilas como travesseiros, mas o tio deitou diretamente no chão, as mãos cruzadas atrás da cabeça. No entanto, cansado como estava por ter dirigido tanto tempo, foi o primeiro a dormir. Nem parecia que lá fora desabava uma tempestade...

— Dani? — disse Lucas, baixinho.

— O que foi?

— Eu até entendo que não haja cama nem cobertas pra todo mundo. Mas você não acha que podiam ter oferecido um pãozinho com manteiga, um chocolate quente?...

— Acho.

— Será que são só sovinas, ou são todos fantasmas e por isso não precisam comer?

— Não diga bobagem, Lucas!

— Bobagem? Isso é sério! Como é que eu vou dormir assim?

— Conta carneirinho. Assado, de preferência. Agora fica quieto, senão eu também não durmo.

Relâmpagos riscavam o céu como rachaduras. Trovões estremeciam as paredes. Parecia uma noite perfeita para um crime...

"Não fosse o barulho da chuva e da trovoada, a antiga escola estaria silenciosa como um túmulo. Um túmulo?", pensou Daniela. Preferiria não ter pensado.

Não demorou muito, e Dani viu uma luz passar por baixo da porta. Ouviu o som de passos. Pé ante pé, ela se levantou e entreabriu devagar a porta, a tempo de ver uma sombra dobrar à esquerda no corredor. Quem seria? Quem estaria andando por ali àquela hora? E qual seria a sua intenção? Os passos eram cuidadosos, como os de alguém que não quisesse ser ouvido. Hesitava entre voltar e se deitar, ou seguir o caminhante misterioso, quando sentiu que alguém tocava seu ombro. O susto foi tão grande que quase soltou um grito.

— Calma, irmã. Sou eu.

— Quer me matar do coração, seu peste?!

— Eu não. Quem é que está passeando pelo corredor a esta hora?

— Bem que eu queria saber. Acho que só tem um jeito.

— Vamos?

— Vamos.

Em vez de acender novamente a vela, tiraram uma lanterna da mochila de Lucas e, apontando o foco para o chão, seguiram o caminho percorrido pelo desconhecido. Não sabiam com o que poderiam se deparar mais adiante. Lucas lembrou-se da história da loura fantasma. Os cabelos da sua nuca se arrepiaram. Quando viraram à esquerda, porém, não avistaram mais a luz da vela.

— *Ué*! Cadê a figura? — perguntou o menino, em voz baixa. A irmã respondeu no mesmo tom:

— Acho que entrou numa das salas. Vai ver foi só alguém procurando o banheiro...

— E quem seria maluco de fazer uma coisa dessas depois daquela conversa da loura do banheiro?

Movidos pela curiosidade, ainda caminharam alguns metros. Já pensavam em desistir, quando lhes pareceu ter ouvido alguma coisa.

— O que foi isso?

— Parece música...

Caminharam na direção do som. E puderam perceber que, pela fresta sob uma das portas, vazava uma luz estranha.

●

— E agora, o que a gente faz? — Lucas torcia para que a irmã sugerisse a volta ao "quarto" improvisado, onde dormiriam tanto quanto tivessem direito, sem se preocupar com caminhantes misteriosos ou louras fantasmas.

— Já que estamos aqui, vamos ver o que está acontecendo lá dentro.

— Espere aí, Dani, pode ser peri...

Mas Daniela já abria, com todo o cuidado, a porta da sala. Não pôde evitar, no entanto, que a dobradiça, bastante velha, rangesse um pouco, denunciando sua presença.

— O que estão fazendo aqui?! — a voz furiosa os surpreendeu.

●

Osvaldo havia se levantado bruscamente da cadeira, tão assustado quanto eles. Tentava inutilmente esconder com o corpo a pequena televisão sintonizada em um filme policial.

— A gente... — Lucas procurava as palavras, mas elas lhe escapavam — A gente estava... procurando o banheiro...

— Dá pra notar que não é aqui, não dá? Então, ponham-se daqui pra fora! Já!

Os dois recuaram e já iam voltar, o mais rápido que pudessem, quando Osvaldo mudou de ideia e pediu:

— Esperem. Voltem, por favor.

Dani e Lucas retornaram, receosos.

— Sentem-se. Deixem que eu lhes explique — e sentou-se também. Aos poucos, sua expressão foi se normalizando. Parecia não saber bem por onde começar. — A nossa irmã é muito severa, como vocês devem ter notado. E ela detesta tudo o que é moderno, tecnologia, coisas do tipo. Odeia televisão, computador... Se ela souber que eu tenho esta televisão à pilha escondida aqui, é capaz de me expulsar da casa!

— *Ué*, e os seus direitos?

— Ela é a mais velha, é quem comanda tudo por aqui. Por favor, não contem nada para ela...

— Fique tranquilo, seu Osvaldo. Pode confiar em nós. Somos muito discretos — assegurou Lucas.

— Discretíssimos. O senhor se incomoda se a gente também der uma olhadinha?

Não se incomodou. Ficaram os três conversando em voz baixa. O volume da TV também era mantido próximo do mínimo, para não despertar a atenção de ninguém. Foi por isso que, alguns minutos depois, conseguiram ouvir passos no corredor.

— Ouviram? — perguntou Daniela.

— Não se preocupem. — Osvaldo apenas fez sinal para que não falassem alto. Tirou todo o som da televisão. Logo viram a luz de uma vela passando e ouviram os passos que se afastavam.

— Era a Carmela.

— Como sabe?

— Não perceberam que os passos eram de alguém que mancava um pouco? A Carmela manca assim desde que sofreu um pequeno acidente na cozinha da nossa antiga casa.

— Nossa! E como foi? — Lucas mostrou-se interessado.

— Uma panela de ferro caiu do fogão bem em cima do seu pé esquerdo. Ainda bem que não estava quente, senão o estrago teria sido maior. Esse negócio de mexer em fogão é um perigo!

Lucas pareceu ter-se lembrado de alguma coisa.

— Seu Osvaldo, desculpe a pergunta: o senhor falou na sua antiga casa, mas já ouvi Dona Clotilde contar várias vezes a história de como vocês vieram morar aqui, cada vez diferente da outra. Afinal, qual é a verdadeira?

— A verdade é que...

Ele foi interrompido por um grito agudo que estremeceu as paredes mais que os trovões. Era, porém, um grito conhecido de todos, que já o tinham ouvido naquela noite: era Carmela!

●

O grito tinha vindo do quarto da própria Carmela. Logo, todos, exceto os prisioneiros e o policial de plantão à sua porta, estavam lá. Alguém disse para as crianças não entrarem e encostou a porta. A criada parecia paralisada; aos seus pés, a bandeja caída e uma xícara espatifada, o chá escorrendo pelo chão.

— Ele... ele... ele está morto!

— Ora, Carmela — disse Clotilde, com desdém. — Nós já vimos esta cena antes. Ele está apenas desmaiado. E você fazendo este escândalo...

— Não — disse Roberto, que examinava o advogado, estendido na cama da criada. — Desta vez, ele está morto mesmo. E bem morto!

Crime na escola sinistra

A notícia abalou a todos.

— Foi o chá! O chá estava envenenado! — gritou Clotilde, ao ver os cacos da xícara.

— Não, dona Clotilde — interveio o policial Castro. — É evidente que o chá nem chegou a ser servido. Certamente o homem já estava morto quando a criada chegou.

Carmela confirmou com a cabeça. O resto do corpo ainda parecia incapaz de se mover.

Do lado de fora, Dani e Lucas tentavam descobrir o que estava acontecendo, olho grudado na fresta da porta.

— *Tá* vendo alguma coisa? — perguntou Daniela.

— O advogado ranzinza foi criar caso com os anjos. Bateu as botas.

— Só isso? Morre gente todo dia! E por que a gente não pode entrar?

— E eu sei lá? Melhor ir lá dentro perguntar a eles.

Antes que tomassem qualquer atitude, Clotilde abriu a porta subitamente.

— Perderam alguma coisa aqui?

— Estamos vendendo enciclopédia. A senhora quer comprar? — Os dois sorriram amarelo.

— Crianças...! Uma tempestade destas, dois criminosos, um cadáver e elas acham que é tudo brincadeira! — rosnou Clotilde, batendo a porta.

Mal a porta se fechou, os dois voltaram ao posto e, atentamente, continuaram ouvindo o que se passava lá dentro.

— O que o senhor acha, doutor? Foi ataque do coração? — perguntou o policial.

— Não sou legista — disse Roberto —, mas quase posso apostar que foi sufocado com o travesseiro.

— Como o senhor sabe? — Castro era mesmo insistente.

— Elementar. O bordado da fronha deixou marcas em seu rosto.

— Ora, isso não quer dizer nada. Às vezes também acordo com o rosto marcado...

— É, mas você acorda vivo...

Mostrou a posição do corpo.

— Repare. Ele está com o rosto virado para cima. Portanto, não deveria ter ficado com marcas.

— *Tá* certo, doutor. Tem razão — disse o policial, coçando atrás da orelha. — Mas agora o negócio ficou feio! Temos um presunto nas mãos! E, desta vez, os irmãos Vadezza não podem ser acusados.

— É verdade — confirmou Osvaldo. — Eles estão bem presos na outra sala.

— Ou será que não estão? — perguntou Roberto.

No instante seguinte, todos, a não ser Clotilde e Carmela, correram para o lugar onde tinham prendido os suspeitos. Dani e Lucas iam por último.

O policial Alves montava guarda no seu posto.

— O que houve? — perguntou. — Ouvi a gritaria, mas não quis abandonar a vigilância...

— Mataram um sujeito, o tal advogado que estava no outro quarto. E por aqui, ouviu algo suspeito? — Castro apontava para a porta trancada.

— Nada. Como pode ver, a sala continua fechada. Os dois estão aí dentro. No maior silêncio. Devem estar dormindo.

— E você não estranhou que não tivessem acordado com os gritos?

— *Ih*, é mesmo!

Bateram na porta. Ninguém respondeu. Chamaram, e nada.

— Talvez tenham o sono pesado — sugeriu Alves. — Eu tinha uma tia que, quando dormia, nem tiro de canhão...

— Vou abrir a porta. Alves, me dê cobertura com a arma — pediu Castro.

— Deixa comigo!

Castro girou a chave devagar e, com cuidado, abriu a porta. Para surpresa de todos, a sala estava vazia!

●

— Caramba! Para onde foram eles?

— Vejam! Os cadeados estão abertos!

— E nem sinal de arrombamento. Serviço de profissional!

— Vai ver abriram com grampo de cabelo. Nos filmes, abrem até algemas assim — sugeriu Alves.

— *Ah*, é, espertinho? E qual dos dois você acha que usava grampos? — perguntou o outro policial.

— O mais magro? Ou o outro?

— *Ah*, deixa pra lá! O que importa é que deram o fora! — Castro parecia que ia arrancar os cabelos. — Bonito! Muito bonito! Um cadáver e dois criminosos fugitivos! Estamos bem arranjados!

— Bem, pelo menos já sabemos que foram eles que cometeram o crime. Caso resolvido — Alves tentava consolar o parceiro.

— Talvez não — a voz era de Clotilde, que chegava naquele momento, bem a tempo de ouvir o final da conversa. Atrás dela, Carmela, mal refeita do primeiro susto, ameaçou dar outro grito ao saber da fuga dos criminosos, mas o pessoal olhou de cara feia para ela. Então, fechou a boca bem devagar e em silêncio.

— O que a senhora...

— Se-nho-ri-ta!

— ... a senhorita quer dizer com "talvez não"? — perguntou Castro.

— Quero dizer que eles nem conheciam o Dr. Asdrúbal Barbosa Costa. Que motivo teriam para matá-lo? E seria muito estranho que alguém, depois de conseguir fugir, entrasse de novo na casa para dar cabo do advogado.

— A senhora... dona... madame... senhorita Clotilde tem razão — concordou Alves. — Mas uma coisa é certa: o defunto está morto. E alguém fez o serviço. Aparentemente, ninguém aqui o conhecia. Então, cadê o motivo?

Daniela levantou o braço.

— Tem uma coisa.

— Olha aqui, menina — disse Clotilde, tentando ser simpática —, já passou da hora de pirralhos irritantes ficarem acordados. Por que não vai dormir e nos deixa cuidar disso?

— O advogado perguntou a várias pessoas se não as conhecia de algum lugar. E se conhecesse?

— Ora, Daniela, aquilo foi por causa da pancada na cabeça! — Valdir fez pouco caso.

— Sim, mas e se conhecesse?

— Bobagem! — Clotilde menosprezou a hipótese.

— Talvez não seja tanta bobagem assim. — Roberto estava pensativo. — Tem alguma coisa estranha por aqui que está me escapando...

— Pronto! — resmungou Clotilde. — Outro inventando coisa! Saiu à sobrinha!

— Ficou alguém tomando conta do corpo? — perguntou Castro, percebendo que todos se encontravam ali.

— Ele está morto, policial — disse Clotilde. — Não vai a lugar nenhum.

— A senhora também não lê história policial. Nas histórias, some cadáver a toda hora... — observou Lucas.

Todos resolveram voltar ao quarto de Carmela. E se o cadáver não estivesse lá? Apressaram-se, quase se atropelando no corredor escuro. Mas o corpo encontrava-se no mesmo lugar.

— E se alguém o matou por engano? — perguntou Alves. — Afinal, estava escuro e a Carmela é quem devia estar dormindo aí!

A criada colocou a mão no peito, arregalou os olhos. Fez que ia gritar, o pessoal olhou feio de novo.

— O senhor está querendo dizer... que... que o assassino queria me matar?!

— Eu não disse isso, moça! Mas, sabe-se lá...

— Por isso não — interveio Castro. — O morto usava o pijama de ursinhos do Seu Valdir. E se o alvo fosse ele?

— Ai, meu Deus! — Valdir sentiu o estômago dar uma cambalhota.

Roberto andava de um lado para o outro, como se tentasse ansiosamente se lembrar de alguma coisa que havia visto ou ouvido. De repente, parou e deu um tapa na testa.

— Já sei!

Suspeitas e mais suspeitas

Todos se viraram na direção do médico.

— Já sabe o que, tio? — perguntou Lucas.

— Ainda há pouco, Dona Clotilde mencionou o nome do morto, e eu fiquei pensando que já tinha ouvido aquele nome em algum lugar. E só agora me lembrei!

— E onde foi?

— Foi quando os policiais falavam dos irmãos Osmar Vadezza e Omar Vadezza! O advogado deles também se chamava Asdrúbal! Se for a mesma pessoa...

— ...temos o motivo do crime! — completou Daniela.

— É, realmente Asdrúbal não é um nome muito comum. Ainda mais sendo também advogado... — concordou Castro. — Pode muito bem ser o tal que deixou os irmãos Vadezza na pior. Quando descobriram que ele estava aqui, resolveram se vingar...

— Bem, graças à lembrança do doutor, o caso está resolvido de novo — o policial Alves parecia satisfeito. — Quando a gente botar as mãos naqueles dois...

— E se não foram eles?

— Ora, doutor! É claro que foram! O senhor mesmo descobriu o motivo...

— Está difícil saber o que é verdade e o que é imaginação aqui, hoje. Pode ser que tudo tenha acontecido de modo bem diferente.

— Diferente como?

— Existem várias possibilidades. Muitas. Querem ver só? Pois acompanhem meu raciocínio:

"Os criminosos fogem da prisão numa noite chuvosa. Não têm para onde ir, mas querem se afastar o máximo possível. Só que a chuva atrapalha e não dá para se distanciarem muito a pé. Veem as luzes em uma escola aparentemente abandonada e se aproximam. Descobrem que na escola moram duas mulheres sozinhas e as dominam. Quando chegam outras pessoas, os dois ameaçam as mulheres para que enganem os recém-chegados, fingindo serem irmãos. O que atrapalha é que não para de chegar gente, o que é um imprevisto. Entre os "visitantes" está, por coincidência, o advogado que os deixou na mão. Apesar do risco, resolvem não abrir mão da oportunidade de vingança e, quando todos dormem, vão até lá e acabam com o sujeito. Ninguém vai suspeitar deles porque todos acham que o Silva e o Souza são os irmãos Vadezza. Até facilitam a fuga dos suspeitos para garantir que os outros pensem que são mesmo culpados."

— Espere lá, o doutor não está querendo dizer que nós... — começou Valdir.

— Não quero dizer nada, é só uma hipótese.

— Uma hipótese muito interessante, doutor — parabenizou-o Castro. — O senhor é médico, mas pensa como policial! É claro que são eles os criminosos! Resolvemos o caso outra vez!

— Devo lembrar que o mais famoso detetive de todos os tempos foi criado por um médico! — disse Roberto.

Alves o olhou com jeito de quem está por fora da conversa.

— Não entendi.

— Elementar, meu caro Alves. Conan Doyle, o autor de Sherlock Holmes, era médico. Coleguinha de profissão... — esclareceu Roberto, modestamente.

— *Ah...* Holmes? O tal do cachimbo?

— Ele mesmo.

Castro ainda pensava no que Roberto havia dito.

— Quanto ao que o senhor chamou de hipótese...

— O que a gente faz, Castro? — perguntou Alves. — Prende estes, também?

— Isto é um absurdo! É uma história totalmente maluca! — protestou Valdir.

— Realmente. Os senhores ensandeceram. Meus irmãos disseram a verdade. E posso facilmente provar — de nariz empinado, Clotilde dirigiu-se ao seu próprio quarto.

— Alves, acompanhe a moça.

— Não é necessário.

— É necessário, sim. Hoje em dia não se pode confiar nem na dona da casa...

Dali a instantes, voltaram os dois. Clotilde trazia uma antiga foto nas mãos. Nela apareciam, ainda bem jovens, a própria Clotilde ao centro, tendo de cada lado um dos irmãos. Embora a foto estivesse meio desbotada, ainda era possível reconhecer os três. Fora tirada ao ar livre e, um pouco mais ao fundo, aparecia outra moça, bastante desfocada, na certa alguém que passava por ali.

— Satisfeitos agora, seus aprendizes de Poirot?

— Aprendiz de quem? — perguntou Alves.

— De Poirot, Hercule Poirot, detetive criado pela escritora Agatha Christie. Um belga de bigode encerado. Viu só, pirralho? Pensou que eu não entendesse do assunto? Pois bem: agora todos vocês já devem estar convencidos de que os criminosos são mesmo os tais fugitivos e que devem estar longe daqui a esta hora...

— A pé, e com esta chuva? — Roberto duvidou.

— Talvez tenham roubado um dos carros.

O médico sobressaltou-se.

— Ai, meu Raio Azul!

— Raio Azul? — perguntou Valdir.

— É o meu carro. Está comigo desde o primeiro ano da faculdade. E já era bem usado. Sei que agora o nome parece bobagem, mas na época...

— Carro com nome. Cada coisa que se vê... — resmungou Clotilde.

— Mas não ouvi barulho de motor... — disse Daniela.

— Com esta chuva, não é de se estranhar...

— Alguém tem uma lanterna? — perguntou Castro. Lucas ofereceu a sua. O policial foi até a janela e iluminou lá fora.

— Parece tudo em ordem. Os dois carros estão lá. O nosso e o do doutor. Um Fusca azul, não é?

— *Ah*, ainda bem!

Castro devolveu a lanterna ao menino. Este fez um discreto sinal para a irmã e os dois se afastaram.

— O que foi? — perguntou ela.

— Vamos arranjar um pedaço de plástico para servir de capa de chuva. Precisamos ir até lá fora.

— Tá maluco?! Ir lá fora com este temporal? Fazer o quê? Pegar resfriado?

— Notei alguma coisa estranha no carro.

— No Raio Azul?

— Não, no outro.

— Estranha como? — Dani não estava entendendo nada.

— Ainda não sei bem. Quero ver de perto.

Dali a pouco os dois saíram furtivamente, colocando um tijolo junto do portal para impedir que a porta se fechasse, deixando-os do lado de fora. Puseram o plástico sobre a cabeça, mas não era suficiente para cobrir o corpo. Com o vento, até os cabelos e o rosto ficavam molhados. Andaram pelo chão lamacento até alcançar o carro dos policiais, as pernas e as bermudas pontilhadas de pingos de lama.

— Veja. Olhe só o para-choques.

— É, está bem amassado — a menina se aproximou. — E o vidro da lateral está quebrado.

Enfiou cuidadosamente a mão por dentro do buraco, para abrir a porta.

— O que está fazendo?! — perguntou o irmão.

— *Ué*, estamos investigando. Como vou saber o que tem aí dentro, se não abrir?

— Pode dar galho...

— De quem foi a ideia de sair na chuva pra ver o carro? Agora, que já chegamos aqui... Olha, Lucas, tem gente demais mentindo nessa história. Se a gente não procurar saber qual é a verdade, nunca vamos resolver esta confusão.

Entraram no carro. A chuva, entrando pelo vidro quebrado, já tinha molhado bastante os bancos. Lucas resolveu dar uma olhada no porta-luvas. Encontrou papéis, cartões de visita, um maço de cigarros amassado, uma foto de mulher e...

— Um revólver!

— É, pelo visto alguém deve ter esquecido isto aqui — disse a irmã. — Coisa perigosa. É melhor nem botar a mão. E estes cartões? Já viu algo parecido antes?

Lucas pegou um dos cartões e examinou-o à luz da lanterna.

— Parecido, não. Igualzinho!

— Acho que isso explica muita coisa.

— Explica? Pra mim, a coisa parece mais confusa do que antes!

— Pois está mesmo. Mas penso que, se a gente puxar a ponta certa, o embaraçado todo se desmancha... — Daniela parecia estar próxima de alguma grande descoberta.

— Vamos voltar lá para dentro? Estou mais molhado que língua de cachorro. E temos muito o que mostrar ao pessoal... — disse o menino, recolhendo parte do que tinham encontrado.

Sob o plástico, fizeram correndo o caminho de volta, pisando nas poças, salpicando água e lama para todos os lados.

Sem que nenhum dos irmãos notasse, duas sombras observavam atentamente cada um dos seus movimentos.

Espantosas revelações

— Como está o meu cabelo? — perguntou Daniela, em voz baixa, a Lucas.
 — Você quer uma resposta agradável ou uma verdadeira?
 — Verdadeira.
 — Sabe o cachorro do primo Daniel, depois do banho?
 — Ai, meu Deus, não vai dizer que estou igual...
 — Claro que não! Está muito pior...
Por onde andavam, deixavam pegadas enlameadas. Tinham finalmente encontrado a cozinha e aproveitavam a ausência dos outros para devorar um sanduíche. Enquanto comiam, Daniela tentava juntar as peças daquele quebra-cabeças. Ao final, tinha conseguido uma versão que podia não ser verdadeira, mas era bastante interessante.
 — Você tem certeza de que foi assim que aconteceu? — perguntou Lucas, após ouvir as especulações da irmã.

— Bem, certeza certíssima não tenho. É capaz de não ser nada disso. Mas bem que pode ter sido, não pode?

— É... Pensando bem, acho até que pode. Então, vamos lá?

— Vamos.

Quando Daniela e Lucas entraram na sala, molhando ainda mais o tapete que Clotilde tanto prezava, os outros ainda discutiam hipóteses variadas sobre o crime.

— E se a casa é mesmo mal-assombrada? E se foi a tal loura fantasma? — dizia naquele momento o policial Alves.

— Bobagens — disse Valdir. — Certamente foram os tais fugitivos. Todos os presentes têm álibis...

— Nem todos — disse Daniela, entrando.

— Pessoal, o que vocês estão fazendo, molhados e sujos deste jeito? — Roberto nem tinha chegado a dar falta dos sobrinhos.

— *Ah*, a gente foi dar uma voltinha.

— Com este tempo?! E por que você disse "nem todos"?

— O Valdir, por exemplo, não tem — respondeu a menina.

— Como não tenho? Eu estava com o meu irmão! Não estava, Osvaldo? Diga pra eles!

— Bem...

— O Osvaldo estava com a gente — revelou Lucas.

Daniela hesitou, mas resolveu completar:

— Nós estávamos... estávamos... estávamos... bem, vendo televisão.

— Vocês prometeram que não iam contar! — Osvaldo parecia que ia ter um ataque.

— Mas foi preciso. Nós somos o seu álibi, Osvaldo — insistiu a menina.

— Televisão — disse Clotilde secamente.

— Olha, mana, eu posso explicar...

— Não precisa explicar. Eu entendi tudo muito bem. Aliás, já venho entendendo há bastante tempo.

— O que você quer dizer? — Agora era Valdir quem se mostrava alarmado.

— Quero dizer, caríssimos irmãos, que eu já sabia de tudo.

— De tudo?!

— Sim. Há tempos eu vinha desconfiando dos dois. E uma noite, seguindo você, Osvaldo, tive a confirmação. Apertei a Carmela e ela confessou que, a pedido de vocês, tinha comprado a TV de um sujeito que traz muamba do Paraguai.

— E por que não fez nada?

— Eu quis entender por que vocês gostavam tanto. Resolvi dar uma olhadinha. Uma tarde, fingi que ia fazer a sesta e descobri que estava passando a reprise de uma novela. E hoje assisto todo dia. Não perco um capítulo!

— Logo você! — Valdir e Osvaldo estavam admirados. — Que vergonha!

— Gente, o papo familiar está muito bom, mas temos um crime para resolver — disse Castro.

— É! E a gente tem novidades. Olhem aqui! — Lucas estendeu um cartão de visitas.

O policial virou o cartão de um lado e do outro, mostrando indiferença.

— É o cartão de um advogado. Certamente pertencia ao falecido. E daí, qual a novidade nisso?

— Não repararam? Olhem só: debaixo desta balança dourada brega diz apenas *Dr. A. Barbosa Costa*. Como a senhora, Dona Clotilde, soube que o *A* era de *Asdrúbal*? — perguntou Daniela.

— Eu... eu... é... quero dizer... bem...

Apanhada em falta, a arrogante Clotilde ficou sem fala.

— Ora, eu não tenho que dar satisfações a uma menina!

— Mas talvez tenha que dá-las à polícia... Portanto, é bom começar a dizer a verdade...

— Está bem... Eu... quero dizer, nós... nós todos conhecíamos o Dr. Asdrúbal.

— Ele era o tal administrador que deu o golpe em vocês, não? — Lucas estava um passo à frente.

— Sim, foi ele. Embolsou todo o nosso dinheiro e nos deixou nesta situação. E, nesta noite, depois de tantos anos, o destino, inesperadamente, o trouxe à nossa porta. E, ainda por cima, com a memória avariada pela pancada...

— Um a zero, mana! — disse o menino, dando um tapa na mão espalmada da irmã. Os dois tinham, naquele momento, a confirmação de que, dentre todas as histórias que Clotilde havia contado para explicar a presença da família ali, a primeira era mesmo a mais próxima da verdade.

— E vocês não quiseram deixar passar a oportunidade de vingança... — Roberto estava surpreso com a capacidade detetivesca dos sobrinhos.

— Agora, temos o motivo — disse Castro, disposto a encerrar o caso.

— A gente prende todo mundo? — perguntou Alves.

— Estão enganados! Nós não o matamos! — Clotilde protestou, gesticulando nervosamente. — Tínhamos um forte motivo para mantê-lo vivo!

— *Ah*, é? E que motivo seria esse?

— Quando percebemos que estava mentalmente confuso, fingimos que não o conhecíamos, para não afugentá-lo. Achei que era a nossa chance de descobrir o que aquele crápula tinha feito com o nosso dinheiro! Só que, com a casa mais cheia de gente do que estação rodoviária, isso seria impossível. Então, decidi que esperaríamos até de manhã, quando cada um de vocês fosse cuidar da sua miserável vidinha, bem longe daqui, e ficássemos só nós e ele.

— Bem, parece que algum de vocês não aguentou esperar. O caso está resolvido — Alves deu-se por satisfeito.

— Não é só isso. Ainda tem mais... — Daniela deu uma paradinha para fazer suspense.

— Mais o quê?

— Nós fomos até o carro, lá fora. Foi onde encontramos os cartões e mais algumas coisinhas.

Diante da expressão intrigada dos presentes, Lucas detalhou a explicação:

— A gente está falando do carro em que Castro e Alves chegaram. Pelo amassado na frente e pelas coisas que encontramos lá, é, com toda certeza, o carro do advogado.

Todos se viraram para os policiais.

— Quer dizer então que... — começou Roberto.

— Quer dizer — completou Lucas — que estes dois aí nunca foram policiais de verdade. Eles roubaram o carro, enquanto o Asdrúbal estava desmaiado. A história deles é toda inventada! Eles são os irmãos Vadezza!

Encarcerados

O falso policial Alves segurou com a mão esquerda o ombro de Daniela e rapidamente encostou o cano duplo da espingarda na sua nuca.

— Para trás! Se alguém se mexer, a cabeça da menina vira *ketchup*!

— Se não largar minha irmã agora mesmo, eu...

— Você o quê, menino?

— Dou um chute na sua canela!

— Não faça promessas que não pode cumprir, pirralho!

Deu uma risada.

— Muito espertos vocês dois, moleques! Espertos até demais! Mas sou eu quem está com a arma! Todo mundo de braço levantado!

Afastando-se dos outros, o falso Castro confirmou a suspeita de Daniela:

— Eu sou Osmar Vadezza, e este é meu irmão Omar. É uma pena que vocês tenham descoberto tudo. A gente ia ficar representando até o dia amanhecer e depois daria o fora. Ninguém ia se machucar. Agora talvez seja diferente.

Dani e Lucas pensaram, naquele momento, que talvez tivessem sido bons demais como detetives. Se não tivessem se intrometido, talvez o risco fosse menor. Mas agora era tarde. Na certa os bandidos iam matar todos para não serem denunciados.

— Estávamos na estrada, caindo de cansaço, quando vimos o carro batido na árvore. Foi a maior surpresa quando reconhecemos o motorista, o pilantra do nosso antigo advogado. Mas achamos que já estava morto — prosseguiu Castro/Osmar. — Jogamos o corpo para fora, pegamos o automóvel e seguimos em frente. Vimos as luzes da escola e o seu carro, mas passamos direto. Mais adiante percebemos que a batida tinha danificado o motor e não ia dar pra ir longe, ainda mais com esta chuva. E resolvemos voltar para pegar o carro de vocês.

— O Raio Azul!

— Retornamos e, enquanto discutíamos sobre o que fazer, com o carro escondido nas folhagens, o "cadáver" passou cambaleando e entrou aqui. O velho era duro na queda!

— Eu queria dizer uma coisa — começou Osvaldo.

— Cale esta boca! — repreendeu Alves/Omar, ameaçando com a espingarda.

Foram levados para uma das salas.

— Entrem! Ficarão aqui até que a gente resolva o que fazer com vocês!

— E nem pensem em tentar escapar, como fizeram aqueles dois!

— Por falar nisso — perguntou Roberto —, quem eram eles realmente?

— Não fazemos a menor ideia. Talvez fossem exatamente quem diziam ser — Alves/Omar achou graça.

— Vocês mataram o Asdrúbal? — Clotilde tentava ainda manter o ar superior.

— Olha, dona, a gente já fez muita coisa, mas desta vez não fomos nós, não — disse Castro/Osmar. — Bem que eu gostaria, viemos aqui para isso, mas alguém chegou na frente. Enquanto nós mofávamos na prisão, aquele salafrário foi comendo nosso dinheiro todo. Por fim, acabou até com o produto dos roubos que a gente tinha escondido. E foi embora, nos deixando na mão daquele advogadozinho chinfrim. Bem que eu queria que tivesse sido eu o autor do serviço...

— Como vocês tiveram a ideia de se fazerem passar por policiais?

— O plano era só roubar o Fusca e ir embora. Mas, quando vimos que o pilantra estava vivo, viemos atrás dele. E inventamos a história dos tiras para ganhar sua confiança — explicou Osmar Vadezza.

— Queria o quê? Que a gente chegasse e dissesse "Boa noite, madame, acabamos de fugir da prisão e queremos dar um fim num advogado safado que vocês têm aí..."? — completou Omar.

— Bem que eu achei que a roupa de vocês estava um pouco curta e folgada — observou Lucas. — Era do Dr. Barbosa Costa, não era?

— Cheio de esperteza, o menino! É, era dele, sim. Estava no carro. Parece que o velho pretendia fazer uma viagem...

— Eu queria dizer uma coisa... — começou Osvaldo novamente. Foi empurrado para dentro pelos irmãos Vadezza.

— Tenham uma boa-noite — zombou Osmar Vadezza. — Sintam-se como se estivessem confortavelmente instalados no corredor da morte...

— Ou como gado no matadouro!... — Omar deu uma gargalhada.

Trancaram a porta, deixando apenas uma vela dentro da sala.

— E agora? Daqui a pouco esta vela acaba — reclamou Valdir.

— Não falta muito para amanhecer. O problema é o que eles vão fazer com a gente... — Roberto estava apreensivo.

— Eles vão nos matar! — encolhida num canto, Carmela tinha uma voz chorosa. Clotilde olhou-a com ar de censura e desprezo.

— Você está bem, Dani?

— Ele apertou um pouco meu pescoço, mas nada sério, tio.

— Eu queria dizer uma coisa — disse Osvaldo.

— Pois diga! Diga logo! Está aí há um tempão com esta conversa e até agora ainda não disse nada... — repreendeu Clotilde.

— A gente devia ter reagido. Eram só dois.

— *Ah*, muito bonito! Reagir e levar um tiro daqueles no meio dos olhos! Esta era a sua brilhante ideia?

— Aquela espingarda era do papai. Não é usada há uns cinquenta anos. Duvido que ainda funcione. E nem está carregada...

•

— Sabe de quem é a culpa? Destes dois!

Clotilde apontava para Lucas e Daniela com a mão tremendo de raiva.

— Se ficassem de bico fechado, nada disso teria acontecido! Mas não, quiseram se exibir, olha só no que deu! Grandes detetives!

— Se eu fosse a senhora, ficaria bem quietinha — Daniela nem parecia ligar para os faniquitos da mulher. — Afinal, ainda é uma das principais suspeitas...

— Suspeita, eu?!

— É, sim — confirmou Lucas. — Afinal, tinha um bom motivo. E estava sozinha, quando o crime aconteceu...

— Abusado! Isto é um absurdo!

— Nem tão absurdo — disse Roberto.

— Viram? De novo! Por isso é que o mundo está como está! Contradizem a gente na frente das crianças! Essa educação moderna é uma perdição!

Roberto preferiu ignorar o comentário. E prosseguiu:

— Afinal, se Osmar e Omar Vadezza não cometeram mesmo o crime, o assassino pode ser qualquer um dos presentes.

— Ou um dos dois que fugiram, fossem eles quem fossem — completou Lucas.

— Isso não tem nenhuma importância, agora! O que interessa é que somos prisioneiros desses marginais! — Valdir começava a se exaltar.

— Eles vão nos matar! — gemeu Carmela. Clotilde parecia irritada com aquela choramingação.

•

— Sinto muito, moçada — disse Roberto para os sobrinhos. — Parece que suas férias não estão sendo tão divertidas quanto a gente esperava.

— Tem razão, tio — Dani concordou com ele. — Esse negócio de crimes e criminosos é bastante assustador!

— Mas é menos chato do que o Clube do Gambazinho Feliz! — disse Lucas.

Osvaldo e Valdir andavam de um lado para o outro. De vez em quando experimentavam os cadeados das janelas, para ver se abriam. Os outros tinham conseguido, por que não eles? Carmela continuava sentada no mesmo lugar, abraçada aos joelhos.

— Eles vão nos matar!

Clotilde explodiu:

— Olhe aqui, Carmela, se repetir isso mais uma vez, pode se considerar despedida! — Estufou o peito, empinou o nariz, ergueu o indicador direito, apontando para o alto. — Se o destino nos impôs morrermos nas mãos desses criminosos, devemos fazê-lo com dignidade! Enfrentar a morte com altivez! Honrar o nome da nossa família!

Naquele momento, ouviu-se o barulho da chave na fechadura.

— Eles vão nos matar!!! — gritou Clotilde, pulando no colo de Valdir, que, não aguentando o peso, caiu sentado no chão.

Mais revelações

O homem na porta não era nem Omar nem Osmar Vadezza. Era o que conheciam pelo nome Silva.
— Podem sair. Já dominamos os dois bandidos.
A surpresa era total. Ninguém entendia nada.
De fato os irmãos Vadezza encontravam-se amarrados a duas cadeiras, com nós tão apertados que mal conseguiam respirar. Estavam furiosos.
— Seu... Silva, ou seja lá qual for seu nome verdadeiro, estamos muito agradecidos por nos salvar — disse Roberto —, mas há uma ou duas coisas que a gente gostaria de entender...
— Imagino que sim. Acredito que queira saber, para começar, quem somos nós, na realidade, e o que fazemos aqui.
— Acreditou certo.
— Somos detetives particulares — disse o que conheciam como Souza. — Fingimos chegar separados para que ninguém desconfiasse. Mas parece que todo mundo desconfiou...

— Estavam atrás dos irmãos Vadezza?

— Nada disso. Não tínhamos a menor ideia de que íamos encontrar Omar e Osmar Vadezza aqui. Nem sabíamos que tinham fugido.

— Então, por que vieram? — quis saber Lucas.

— Estávamos seguindo o advogado Asdrúbal Barbosa Costa. Ele embolsou o dinheiro de vários clientes e ia fugir do país. Um desses clientes nos contratou para encontrá-lo.

— Perdemos a pista dele porque passamos pela estrada nova. No posto de gasolina nos informaram que seu carro não havia passado. Retornamos, então, pela estrada velha. Como não cruzamos com ele no caminho, achamos que talvez tivesse parado aqui por causa do mau tempo — esclareceu Silva.

— Mas ele havia batido e, por isso, acabamos chegando antes. Escondemos nosso automóvel e chegamos a pé, um de cada vez, para disfarçar. Debaixo do temporal...

— Não nos apresentamos como detetives porque não sabíamos se alguém na casa era cúmplice dele.

— *Arrá*! Bem que eu desconfiei! — disse Daniela. — Estes nomes, Souza e Silva, só podiam ser falsos!

— Tem razão — confirmou o Silva. — Na verdade, eu sou o Souza; o Silva é ele.

●

De manhã, a chuva havia passado. Um sol tímido forçava passagem por entre as nuvens. Chamada pelos detetives, a polícia chegou para levar os fugitivos de volta para o presídio. Foi providenciado, também, o rabecão para transportar o corpo do advogado.

Lucas aproximou-se de Omar como quem não quer nada e *vap!*, acertou-lhe um chute bem na canela!

— Ai! Por que fez isso, seu peste?!

— Estou cumprindo uma promessa!...

— Agora, que o seu refúgio foi descoberto, o que pretende fazer, senhorita? — perguntou Silva. Ou seria Souza?

— Bem, acho que teremos de ir para outro lugar. Talvez um apartamento bem pequeno na cidade... — respondeu Clotilde.

— Vai ser difícil rastrear o dinheiro do advogado golpista, agora que ele morreu. Mais difícil ainda é provar que parte pertence a cada um dos lesados. Pode ser que nunca se consiga. E como pensam em pagar o aluguel?

— As joias da família ainda dão para algum tempo. Depois disso teremos de vender os móveis.... Ou quem sabe até... até... — Valdir e Osvaldo esperavam apreensivos — trabalhar!

— Não! — gritou Valdir.

— Não vai dar, mana! Nunca fizemos isso na vida!

— Há sempre uma primeira vez — suspirou Clotilde, resignada. Algemados, os irmãos Vadezza protestavam:

— O advogado não foi serviço nosso!

— É! Não fomos nós!

O detetive Souza sorriu.

— Como se alguém fosse acreditar na palavra de dois meliantes...

— Nós acreditamos!

— Como?

— Nós acreditamos — repetiram Lucas e Dani.

— O que querem dizer com isso? — perguntou Silva.

— Por que Omar e Osmar Vadezza negariam o crime? Não têm nada a perder, mesmo — disse Dani.

— Bem, se confessassem, a pena deles certamente seria aumentada...

— É, mas eles já tinham negado antes, quando não pretendiam deixar ninguém vivo pra servir de testemunha. Logo...

— Não dê atenção a eles, detetive. São apenas crianças — Clotilde conduzia Souza e Silva para fora.

— Eu aposto que ainda estão escondendo alguma coisa! — Souza fez meia-volta e preparou-se para alguma nova mudança no caso.

— Pois estamos mesmo — Lucas tirou do bolso a fotografia que encontrara no carro. E Daniela anunciou:

— Nós sabemos quem matou o Asdrúbal!

O fim do mistério

— Deem só uma olhada. Achamos no carro do advogado.

— Ora, é uma moça. Parece um pouco com a que está na outra foto — disse Roberto.

— Que outra? — quis saber Souza.

— Aquela antiga, onde aparecem Clotilde, Valdir e Osvaldo. Há outra moça um pouco atrás.

— Que bobagem — Clotilde mantinha a pose. — Aquela era... era a Carmela...

— Exatamente! — exclamou Daniela. — Eu e Lucas ouvimos apenas duas pessoas no corredor, antes de o corpo ser encontrado. A primeira era o Osvaldo, que não teve tempo suficiente para executar o crime. E não saiu de perto de nós o resto do tempo. A outra pessoa era justamente...

— ...a Carmela!

Todos recuaram, deixando Carmela isolada. Olhavam para ela como se fosse portadora de alguma peste. Por alguns segundos, a sensação de enorme desconforto foi tão intensa que quase podia ser tocada.

— Está bem! Está bem! Eu confesso! Fui eu quem matou aquele desgraçado! — A criada parecia transtornada.

— Mas por que, Carmela? Por que fez uma coisa tão terrível? — Osvaldo estava chocado com a revelação.

— Foi há muito tempo! Ele me enganou! Disse que estava apaixonado por mim! Mas só estava me usando!

— Tenha calma...

— Calma, uma conversa! Ele me usou para espionar a família! Queria saber se alguém já desconfiava da roubalheira ou se podia continuar metendo a mão na grana por mais tempo!

— Você sabia que ele estava nos roubando! Sabia e não disse nada! Traidora! — esbravejou Clotilde.

— É claro que eu sabia! Ele prometeu que, assim que tivesse dinheiro suficiente, nós íamos fugir pra Paris...

— Mas, quando foi descoberto, fugiu e deixou você para trás... — completou Valdir.

— Como se fosse uma boneca velha, um sapato furado!... Jamais contei a verdade para alguém. Esperava nunca mais vê-lo.

— E, numa noite chuvosa, quando menos esperava...

— O miserável reapareceu! E nem me reconheceu, o maldito!

— Ele estava muito confuso por causa da pancada na cabeça — recordou Roberto. — Estava reconhecendo quem nunca havia visto, desconhecendo os conhecidos...

— Foi aí que resolvi dar um fim nele. Havia chegado a hora da vingança! Aproveitei que a casa estava cheia de gente, isto é, de suspeitos... e o resto vocês já sabem!

— Mas não sabemos tudo — Daniela parecia ter uma cartola de mágico, da qual não paravam de sair surpresas.

— O que quer dizer? — perguntou a criada.

— Se o Asdrúbal realmente só queria usar você, sem nenhum amor verdadeiro, por que guardava há tanto tempo sua fotografia?

Carmela pareceu surpresa. Nunca havia pensado nisso!

— Logo vocês mudaram para cá, sem ninguém saber. Quem me garante que ele não tenha procurado por você, sem conseguir encontrá-la?

— Como podemos perceber, ele não fugiu para Paris — disse Roberto, dando sequência ao raciocínio da sobrinha. — Quem sabe foi por sua causa? Quem sabe voltou a esta região exatamente para procurá-la pela última vez?

Agora a criada havia juntado as duas mãos e mordia nervosamente os nós dos dedos. A expressão de raiva havia sido substituída por uma cara de choro.

— Então... Então... Talvez eu tenha cometido um engano, um terrível engano!

— Talvez. Mas nunca teremos certeza.

— O único que sabia a verdade não pode mais falar... — disse Dani.

Os policiais aproveitaram para prender também a assassina. Agora, sim, o caso estava realmente encerrado.

— Carmela... — chamou Clotilde, quando se afastaram um pouco. — Você está despedida!

Finalmente

Chegaram exaustos ao Clube do Gambazinho Feliz. Os irmãos ainda conseguiram dormir a maior parte da viagem, mas Roberto, que estava dirigindo, teve de manter os olhos bem abertos. A noite havia sido realmente emocionante.

Passaram pela secretaria do clube para confirmar as inscrições. A funcionária, que usava um boné com orelhinhas, olhou meio espantada para o estado em que os meninos se encontravam.

— A chuva nos apanhou na estrada — comentou Dani, à guisa de explicação. — Ficamos atolados a noite inteira.

Despediram-se de Roberto, que, sem pressa de partir, tentava convencer uma instrutora de shortinho bem curto a embarcar no Raio Azul mais enlameado que já se viu, para umas férias inesquecíveis.

Caminharam para o alojamento, carregando as mochilas. No alto da entrada, uma faixa anunciava: *"Pescaria no lago. Competições de meninos contra meninas. Observação de pássaros".* E, em letras maiores: *"EMOÇÃO COMO VOCÊ NUNCA TEVE!"*.

Lucas olhou para Dani com cara de chateação. Dani devolveu-lhe o olhar. Leram mais uma vez a faixa. Fizeram meia-volta bem devagar. No instante seguinte, subitamente, os dois desabalaram numa frenética corrida.

— Tio Robertoooo! Espere por nóóóóós!

O autor

Arquivo pessoal

Quando nasci não havia nenhum anjo torto presente para me dizer o que fazer da vida, como aconteceu com o poeta Carlos Drummond de Andrade. Daí, tive que me virar por conta própria. O importantíssimo evento (minha estreia aqui na Terra) ocorreu na cidade de Niterói, que já foi capital do Estado do Rio de Janeiro e hoje é mais conhecida por ter um museu que parece um disco-voador. Como esse negócio de mudar de casa dá um trabalhão, mudei-me para a vizinha cidade de São Gonçalo e só voltei mais de vinte anos depois. Voltei e fui ficando, sem nenhuma intenção de mudar novamente.

Aprendi a ler nas revistas em quadrinhos. Nada de "*Ivo viu a uva*", como era nas cartilhas do meu tempo. Comigo o método "*histórias do Pernalonga*" foi bem mais eficiente. E sou muito grato por isso. Sem o Pernalonga, talvez eu não tivesse chegado a Saramago ou García Márquez.

Lá pelos meus doze ou treze anos, tive o prazer de conhecer os livros de Machado de Assis e Lima Barreto. Machado me surpreendeu com os capítulos curtíssimos e estranhos de *Memórias Póstumas de Brás Cubas*. Recordo-me de que pensei: "Ué, a gente também pode fazer assim?". Pois é, podia. Mas Lima me deixou ainda mais feliz porque descobri um escritor que falava de gente comum, numa linguagem que eu podia entender. Aliás, foi num livro do Lima Barreto que li pela primeira vez a expressão "um quarto de hora de celebridade", hoje atribuída equivocadamente ao artista plástico Andy Warhol.

Cresci (não muito), fiz teatro amador, trabalhei em agências de publicidade, casei, vieram os filhos (dois). Na vida adulta, eu, que em pequeno adorava rabiscar parede, adotei o desenho como profissão. Com mais da metade da minha vida dedicada a este trabalho (e olhe que já passei de meio século), fiz ilustração para jornais e revistas, anúncios e noticiário de televisão, desenho de humor e histórias em quadrinhos, tanta coisa que, se for contar nos dedos, vai faltar dedo. E, é claro, livros infantis. Depois de ter ilustrado vários livros para crianças, passei a escrever meus próprios textos. Hoje são mais de vinte títulos publicados, e parar de escrever ou desenhar não está nos meus planos. Mas isso, certamente, depende mais dos leitores do que de mim. Ultimamente tenho escrito poemas, histórias de bichos, pequenas novelas, textos para livros didáticos, recados para porta de geladeira. Estes últimos, aliás, são grande sucesso de público: tem gente que lê várias vezes.

Entrevista

Agora que você já descobriu quem é o culpado do crime na escola sinistra, conheça um pouco do que pensa o autor, Maurício Veneza. Saiba o que o levou a escrever a história e em que se baseou para criá-la.

O QUE O MOTIVOU A ESCREVER ESTE LIVRO? NELE SÃO CITADOS DOIS ESCRITORES POLICIAIS. VOCÊ SE BASEOU EM ALGUMA HISTÓRIA EM PARTICULAR PARA ESCREVÊ-LO?

• Não me inspirei em nenhum livro específico, mas utilizei elementos comuns em vários deles. Assim, estão presentes o crime misterioso, a galeria de suspeitos, as pistas falsas, coisa do gênero... Minha primeira intenção foi fazer uma brincadeira, uma gozação com os ingredientes do livro policial clássico. Nos livros policiais, assim como nos de terror ou ficção científica e nas novelas de TV, existem várias situações e personagens que se repetem com frequência. Essas repetições, com esse ar de "já-vi-isto-antes", às vezes leva as coisas até a beiradinha do ridículo. Tudo que eu fiz foi dar um empurrãozinho...

COMO FOI O PROCESSO DE CRIAÇÃO DESTE LIVRO?

• Por se tratar de uma paródia, eu já conhecia de antemão alguns dos elementos que iria usar. E comecei a fazer uma série de perguntas a mim mesmo, do tipo: Quem seria a vítima? Quem seria o assassino? Qual seria o motivo do crime? Quem seriam os outros suspeitos? Depois de escolher dentre as várias respostas que surgiram, foi a vez de botar as coisas em ordem, montar a história como um quebra-cabeças. Normal-

Personagens

5. Nesta história, várias personagens se encontram num dia de tempestade presas em uma escola. Complete a lista abaixo com as características de cada uma:

	Quem são?	Por que estão na escola?
Omar e Osmar Vadezza		
Daniela e Lucas		
Roberto		
Clotilde		
Osvaldo e Valdir		
Asdrúbal		
Souza e Silva		
Carmela		

6. Voltando à lista do exercício anterior, escreva para cada personagem uma palavra que a caracterize. Você pode usar um adjetivo ou um substantivo. Explique o porquê de sua escolha.

Linguagem

7. A partir do título – *Crime na escola sinistra* –, é possível identificar o tipo de texto? Para você, o que é algo sinistro?

8. Leia abaixo três frases extraídas do texto e, sem voltar ao livro, descubra quem é o autor delas. Justifique sua escolha.

"E, quando a coisa apertou, fugiu, deixando a bomba no nosso colo."

"Devia dizer [...] para ir ver se eu estou na esquina. Devia mandá-lo pentear macaco."

"A conversa ainda não chegou na cozinha [...] A propósito, não mandei dar o fora?"

mente, faço uma sinopse para não me perder no caminho. Pensando bem, se eu conseguisse lembrar das respostas que sobraram, talvez pudesse escrever mais uns dois ou três livros...

AO ESCREVER PARA CRIANÇAS E ADOLESCENTES, É NECESSÁRIO UM CUIDADO MAIOR COM A LINGUAGEM? SE SIM, O QUE VOCÊ FAZ?

• Não acho que deva existir tanta diferença no texto para crianças e jovens em relação ao texto dirigido ao público adulto. Afinal, muitos dos clássicos da literatura juvenil não foram escritos originalmente para jovens: *Robinson Crusoé, Gulliver, As Mil e Uma Noites...* De minha parte, procuro ser bem coloquial, simples e direto. Podo o que me parece excessivo, evito rebuscamentos, sobras e "gordurinhas". Se é um cuidado realmente necessário, não posso afirmar. Talvez seja apenas uma escolha pessoal.

NO LIVRO, APARECEM DESCRIÇÕES QUE NOS REMETEM AO CINEMA ("É COMO NOS FILMES..."). VOCÊ ACHA QUE ISSO AJUDA O LEITOR A VISUALIZAR A CENA? PARA VOCÊ, OS LEITORES ATUAIS PRECISAM DE UMA LIGAÇÃO DA LINGUAGEM VISUAL COM A LEITURA QUE ESTÃO FAZENDO?

• Ah, não. Essa coisa de usar o cinema como referência é uma coisa minha mesmo, faz parte da minha linguagem quotidiana. Em qualquer conversa sempre dou um jeitinho de fazer alguma analogia com um filme. As diversas formas de expressão estão sempre se entrecruzando, uma música fala de cinema, um filme é adaptação de um livro ou de uma peça de teatro, uma novela de TV pega emprestado o título de uma música... É bom lembrar que Monteiro Lobato já usava o Gato Félix e Tom Mix, que vinham do cinema, como personagens coadjuvantes. Pessoalmente, gosto muito de filmes, embora vá pouco ao cinema. Em outro livro meu criei um personagem que adora cinema, só para poder rechear de referências à sétima arte...

Você acredita que suspense, crime e mistério são elementos atrativos para crianças e adolescentes?

• Vou frequentemente a colégios por conta dos meus livros infantis. Pude constatar várias vezes a enorme procura por livros de mistério e terror. Já me perguntaram tantas vezes se escrevo histórias de terror, que vou acabar escrevendo. Quanto a elementos atrativos, acho que são os mesmos para qualquer idade. Amor, traição, mistério, heroísmo, intriga... Estão na Bíblia, nos clássicos gregos, em Shakespeare e nos contos de fadas. E acho que vão continuar por aí, enquanto nossa espécie habitar este planetinha.